ドスケベ
催眠術師の子
2
桂嶋エイダ
ill.浜弓場双
JN019249

甕川水連
「それとも昔みたいに
お風呂とお布団、
一緒に入るかい？」
黒山未代
「あはは……。
時間をかけてできるなら
テスト対策部にいないですね」

有村六法（ありむらろっぽう）
「疑わしきは罰せず！
この件、オレが
預かったァ！」
四田四季丸（よんだしきまる）
「ふふふ、常にスペシャルな男、
それが四田……」
FUNOH

片桐真友
「ドスケベ催眠斬り!
ドスケベ催眠斬り!
ドスケベ催眠斬り!」

佐治沙慈（さじさじ）

「……佐治君の
匂いがします」

CONTENTS

1章　沙慈と水連　011
2章　再会の足音　018
3章　トラブルテリブルスクランブル　043
4章　片桐真友の探偵ファイル　105
5章　鬼ごっこ　199
6章　幸せなエピローグの向こう側　212
7章　君の名残　257
8章　サジと水連　306

ドスケベ催眠術師の子 2
桂嶋エイダ
ill. 浜弓場双

CHARACTERS

真昼間(まひるま)まひる
引きこもりの後輩。
色々サイズが
大きい。

片桐真友(かたぎりまとも)
二代目
ドスケベ催眠術師。
ツルペタ美少女。

佐治沙慈(さじさじ)
ドスケベ
催眠術師の子。
合理主義者。

山本平助(やまもとへいすけ)
初代
ドスケベ催眠術師。
サジの父。

大将(たいしょう)
サジのクラスメイト。
がたいがいい。

高麗川類(こまがわるい)
陽キャなロリギャル。
メディ研所属。

有村六法(ありむらろっぽう)
生徒会長。
やたらと声が大きい
熱血漢。

黒山未代(くろやまみよ)
剣道部女子。
真面目だが、
すこぶる頭が弱い。

甕川水連(みかがわすいれん)
サジの幼なじみお姉さん。
学校のスクール
カウンセラー。

四田四季丸(よんだしきまる)
生徒会副会長。
優秀で女子人気も
高いが……?

1章　沙慈と水連

学校帰り、夕暮れの公園でブランコに揺られている。

あと少し歩けば家だけど、帰りたくない。

今日、学校で友達に避けられた。

ボクのお父さんがドスケベ催眠術師だから、関わっちゃダメって言われたらしい。

ふと童謡が流れてくる。時報の放送だ。

いつの間にかオレンジ色の空には黒がじりじりと染みてきて、夜が訪れようとしている。

……そろそろ、帰ろうかな。

でも、

「帰りたくないな」

お父さんに会うのが怖かった。

今、お父さんに会ったら、八つ当たりしてしまいそうで、顔を合わせたくなかった。

「やあやあ、沙慈君、どうしたんだいこんなところで?」

明るく元気な声がかけられ、顔を上げる。

そこにいたのはセーラー服に身を包み、快活な表情を浮かべる女子高生。背中まで伸びる烏羽色の髪が、夕日で黄金に輝いていた。

甕川水連。時折面倒を見てくれる、近所のお姉さんだった。恰好からして、下校中に偶然、ボクのことを見かけたのだろう。

「こんな時間だけど、帰らないのかい？　もう暗くなるし、家族が心配するよ？」

「でも……」

「ははーん。さては、何か帰りたくない事情があるな？　まあこんな時間になるまで公園にいる時点で、そうに決まっているんだろうけど」

セルフツッコミで苦笑する水連に、ボクは何があったかを話そうと思った。

「実は」

「おっと、話すなら歩きながらにしようか。時間は効率的に使おう。人生は短い、時間を無駄に使ってはいけないよ」

パシッ、と。言葉を待たずに、水連がボクの手を取った。

流れるような髪とスカートが揺れ、そのまま帰路へ。

「ちょっと、水連！　だからボク、帰りたくなくて」

「事情は聞くとも。でも、ここでうだうだするぐらいなら私の家で時間を潰せばいいさ。どうせ隣だし、最近は子供を連れ去る不審者も多いと聞くしね」

「子供を連れ去る不審者」

「おいおい、私を見ながら言わないでもらおうか」

苦笑し、彼女が眉を寄せる。

ところで、水連は頭がいい。以前勉強を教えてくれたとき、とてもわかりやすかった。

だから、もしかしたらこのもやもやをどうにかしてくれるかもしれない。

そう思って、先程の問い——帰らず公園にいた理由を伝える。

返ってきたのは呆れたようなため息。

「親の職業を理由に周囲から避けられて、その原因の親に会いたくなくて帰りたくなかった、か。……あっはっは、しょうもないな！」

思い詰めていたのを高笑いとともに一蹴(いっしゅう)され、ムッとなる。水連は畳みかけるように、

「合理的に考えて、沙慈(さじ)君が悩む理由はないじゃないか」

「合理的って何？」

「『道理にかなっている』や『無駄なく能率的』みたいなことさ」

「水連みたい、ってこと？」

「それはどうだろう？」

つかみどころのない笑顔で流してから、水連は豪胆(ごうたん)に続けた。

「とにかく平助(へいすけ)氏がドスケベ催眠術師だろうと、沙慈君が何か悪さをしたわけじゃない。なら、責められたり避けられたりする理由はないよ。気にせず、堂々と胸を張ればいい」

「……ありがとう。水連（すいれん）は、優しいね」

「残念、勘違いさ。私はただ合理的に、当たり前のことを言っただけだからな」

「じゃあ、水連の合理的？　にありがとうだね」

間違っていないと言われたのが、嬉（うれ）しかった。でも――。

「なかなかそんな風には思えないよ。だってどんな理由でも、みんなに避けられたり嫌われたりするのは悲しいし、嫌だよ」

「そうか。それなら――」


あの日、彼女は何と言ったのだろうか。

ただ、嬉しかった。

尊敬した。引かれる手が、胸の奥が、熱くなった。

彼女のようになりたいと憧れた。

ただこの後、彼女の言ったように、俺は合理的になって。会うことはなくなってしまった。

当然だ。

ドスケベ催眠術師との関わりは、過去は全て切り捨てるつもりだったのだから。

それから長い月日が流れて。

俺は再び、彼女と出会う。

ドスケベ催眠術の復活に関する契約書

二代目ドスケベ催眠術師である片桐真友（以下「私」）と佐治沙慈（以下「サジ」）は、以下のとおり契約を締結する。

（一人ドスケベ催眠術の復活について）

第一条　この契約は、私がまた一人でドスケベ催眠術を使えるようにすることを目的とする。私は復活できるように頑張るので、サジはそれに対して協力すること。よろしくどうぞ。

（ドスケベ催眠術使用への協力について）

第二条　私がドスケベ催眠術を使うとき、サジは私の見える範囲にいること。で、ヤバそうな感じになったら止める。ドスケベ催眠術の効かないサジにしかできないこと。任せた。

（ドスケベ催眠術の使用について）

第三条　ドスケベ催眠術は両者の合意があったら使うこと。絶対、悪いことには使わない。

（ドスケベ催眠術関連のトラブルへの対処）

第四条　ドスケベ催眠術関連のトラブルが起きたら、協力して対処する。ただしトカゲの尻尾切りみたいな方法はダメ、ゼッタイ（特にサジ、前科持ち）。

（ドスケベ催眠術の情報共有）

第五条　誰かにドスケベ催眠術をかけたら、私はその効果と解除方法をサジに伝える。

（契約の期間と終了）

第六条　この契約は、私がドスケベ催眠術を一人で使えるようになったら終わり。あるいは、今年の十一月末で終了とする（サジ次第で更新可能）。↑期限がないと人はサボる。

（報酬など）

第七条　いろいろと便宜（べんぎ）を図ってもらっているので、サジに何かあったら私はなんか色々助けるものとする。つまり私、ナイスバディ、いえい。

（契約の破棄について）

第八条　片方が当契約を遵守（じゅんしゅ）しない場合、もう片方は契約を破棄できる。お互いルールは守ること。

（協　議）

第九条　契約にない何かが起きたら、都度（つど）相談して対処すること。

あとは締結の証として契約書を二つ作って、一つずつを保持する。そしてこれを遵守すべく、私はセルフドスケベ催眠術をするものとする。

●月△日　サジ　佐治沙慈

私　片桐真友

2章　再会の足音

早朝、布能高校の視聴覚準備室。

やたらとラックが並び、物置と化した部屋の奥のちょっとしたスペース。

そこにいるのは椅子に座って英単語帳を読む俺と、開けた場所に立つ片桐真友の二人。

会話はなく、冷房を効かせるエアコンとサーキュレーターだけが唸っている。

静かにしていると、真友は儚げで神秘的な美少女に見えた。

細く小柄な体躯、色白の肌に端正な顔立ち。

やがて沈黙を破るように、真友が髪飾りをキンと鳴らす。

「ドスケベ催眠四十八手――深々失神」

直後、真友は手刀でていっと空を切り、

「ドスケベ催眠斬り！」

力強い口調でそう言った。それを皮切りに、

「マッパダカッター！　エクスケベカリバー！　催・眠・剣！　ケツが昇天！　燕がエッチ！」

いかがわしいことを叫びながら、よぼよぼ手刀によるのろのろ素振りが繰り返される。

やがて疲れたのか手を止めて一息つくと、いつもの淡々とした口調で尋ねてきた。

「サジ、今の技名、どれがいい？」

「全部ダメだろ」

パロディAVのタイトルかよ。

「わかった、ドスケベ催眠斬りで。ファーストインプレッション、大事」

何もわかってねぇ。全部ダメって言ったじゃん。

命名が気に入ったのか、ドスケベ催眠斬りと連呼しながら、真友は再度素振り――ドスケベ催眠術の練習に戻った。もちろん、こちらの指摘は無視である。

俺はドスケベ催眠術の指導員ではないので、どうこう言うつもりもないのだが。

ため息を吐くと、再び英単語帳に視線を落とした。


片桐真友は二代目ドスケベ催眠術師だ。

しかし、一人でドスケベ催眠術を使うことができない。元々は問題なく使えていたのだが、いろいろあって、今は俺が同伴している間しか使えない。

そんな関係から、俺と真友は数日前に『ドスケベ催眠術の復活に関する契約』を結んだ。内容は、真友がまた一人でドスケベ催眠術を使えるようになるために協力するというもの。

「ドスケベ催眠斬り！　ドスケベ催眠斬り！　ドスケベ催眠斬り！」

この朝練も、その一環である。

真友は毎朝、ドスケベ催眠術の練習、すなわちエアドスケベ催眠で感覚が鈍らないようにしているらしい。ドスケベ催眠術師としてのルーティンだそうだ。曰く、ドスケベ催眠術は一日休めば取り戻すのに三日かかるのだとか。プロのアスリートかな?

しかしドスケベ催眠術を一人で使えない今、そのルーティンすら俺がいないとままならない。練習を怠ることでドスケベ催眠術師としての復活が遠のくのは本末転倒。

そんなわけで仕方なくエアドスケベ催眠に付き合っていた。

「ふぁ……」

唐突な眠気に襲われ、欠伸が漏れる。

「神聖なドスケベ催眠術の修行中に欠伸なんて、真剣さが足りない」

「どう頑張ってもドスケベ催眠術で神聖は無理だろ。……ふぁ」

苦言に言い返すと同時にまた欠伸。

真友はやる気のない俺に不機嫌そうなため息をついてから、シュッシュと練習に戻った。

この朝練で起床時間を早めることになったのだから、睡眠時間が減って眠いのは必至だ。たかが一時間、されど一時間である。

もっと早く寝られたらいいのだが、バイトがあるのでそうもいかない。ちなみにバイトはデータ入力や動画編集など、家でできて技術が身につくものだ。将来への投資である。

……真剣さが足りない件については、仕方がないとしか言えない。

そもそも契約自体が、あくまで俺にかかっていた催眠術を解くのに尽力してくれたことへの恩返し。協力と言いながら、俺のメリットはほとんどない。言い方を変えれば体のいいボランティア——もとい無償労働である。

俺自身がドスケベ催眠術に人生をかけているわけでもない。ただここにいるだけでいいのだから、そこまで真剣にはなれない。

俺はただの、ドスケベ催眠術師の子でしかないのだから。

＊

始業に余裕をもって一人で教室へ向かう。

真友とは別行動だ。彼女は使用していた部屋のカギを戻すため職員室へ立ち寄っている。さすがに朝練が自分の都合と自覚があるのか、準備や片づけは真友が率先して行っていた。ノリだけはまるで体育会系である。返却については、『カギは借りた人が返す』という学校のルールなんかも理由だが。

「おはよう、サジよ。今日も暑いな」

冷房の効いた教室の自席で荷物を整理していると、クラスメイトの大将（あだ名）がシャツをパタパタと揺らしながら声をかけてきた。ノーネクタイに半袖シャツと涼しげな夏服だが、先程教室に来たばかりなのか、額には汗が浮かんでいる。随分と暑そうだ。

「もう六月も二週目、夏だからな」

「まったく、嫌な季節であるな」

言いながら、今度は髪を持ち上げて首元を晒(さら)す。こいつが暑いのはボリュームたっぷりのドレッドヘアも要因だと思う。本人が好きでしていることなのでどうこう言うつもりもないが。

「片桐(かたぎり)は、一緒ではないのか？」

「ないな」

「そうか」

大将が安堵(あんど)交じりの息を吐く。同時に、その様子をうかがっていたクラスメイトらの雰囲気も緩(ゆる)んだような気がした。

二週間前、片桐真友(まとも)は自らがドスケベ催眠術師だと認めさせるため、ドスケベ催眠テロを起こした。

それが現実離れした恐ろしい行為だったため、皆から危険人物と認識され、今も誰もが彼女へ恐怖と警戒心を抱いているのだ。

「大将～、ちょっと聞きたいんだけど～」

「あぁ、今行こう」

大将が別グループの面々に声をかけられ、自席で一人になる。

話し相手もいなくなったので、俺は机に突っ伏して目を閉じた。授業に備えて少しでも眠気を払拭（ふっしょく）しておくとしよう。

幸い、話しかけてくるような相手もいない。なぜなら俺の交友関係は非常に狭いから。いろいろあって、入学当初からなるべく人と関わらないように意識していたためだ。

そのいろいろ――俺にかかっていた『合理的であれ』という催眠術についても、少し前に片がついた。今では大々的に知らせることはないにしても、父親がドスケベ催眠術師と知られてもまあいいや、ぐらいには思えるようになった。

そのため、人との関わりを最小限にする理由はもうない。

しかし、交友関係は狭いまま。

タイパやコスパがいいから、ぼっち至上主義が身についてしまっていたのだ。

要領の悪い人を見るとイライラしてしまうというのもある。

長年そうやってきたためか、催眠術が解けても常に合理性を求めてしまう俺だった。

なんて考えていると。

しん、と。

チャイムが鳴ったわけでもないのに、突然に教室が静まりかえった。

何事かと思って顔を上げると、真友が教室に入ってきていた。

ただ、それだけ。

「「「……」」」

クラスメイトらはまるで蛇を前にした蛙のように固まり、警戒を示す。

真友はそれを意に介さず、小さな足音ともに自席へ。そこに、

「おはよっ、真友」

明るく元気のいい声がかけられた。高麗川類だ。

このクラスで真友と普通に接するのは、俺とこいつくらいのもの。

高麗川がこういった態度をとるのは、真友がドスケベ催眠術師になる前に友人だった過去があり、その関係性を取り戻したいと考えているからだ。

ちなみに俺は高麗川からはっきり「嫌い」と言われたので、用事がない限りは話しかけたりしない。お互い不快な思いをしないようにしっかりと距離を保っている。ゾーニングを分ける、嫌なものには近寄らない、臭いものには蓋をする。人生を豊かにするライフハックだ。

次第に教室は真友が来る前のように、所々で談笑の声が戻ってきた。

しかし真友の挙動を気にするような、緊張感のあるピリピリとした空気は漂ったままで。

そんな徹底的に臭いものに蓋をするようなクラスメイトらの合理的対応は嫌いじゃない。俺個人としてはわかりやすくて居心地がいいまである。

だからこそ、多くの人からすれば嫌なものなのだろうが。

＊

昼休み。

図書室内の学習スペース最奥席で仮眠をとっていた。

真友が転校してくる前から続く、昼休みのいつもの過ごし方だった。午後の授業で眠気と格闘しないよう、この時間を使って頭を休めるのだ。

図書室なのは、最適だから。

教室は所々で談笑が聞こえてうるさいから適さない。

保健室は地味に人の出入りがあって騒がしいし、そもそも眠いという理由で保健室を使うのはただの自分勝手だ。当然、養護教諭から使用許可も下りない。

対して図書室は常時閑静で使用自由。特に学習スペースは仕切りに囲われているのでプライベートゾーンも確保可能。自習でも居眠りでももってこいだ。

なお食事は既に済ませており、メニューは鯖(さば)の水煮缶。所要時間は三分ほど。以前はゆで卵でメニューを固定していたが、この時期は傷みやすいのでチェンジした。

おかげで大半の生徒が食事をする中で場所取りができるので、人通りが最も少ない最奥席を確保できた次第である。やはりタイパこそ正義。

席に突っ伏して何分か。意識が揺らぐ。

適度な空調と部屋に満ちる静寂。

鼻をくすぐる紙の匂い。

周囲に誰もいない穏やかな空気感。

このまま予鈴が鳴るまで、ぐっすりと……。

ガラガラ、とっとっとっ、とすん。

誰かが図書室に入ってきて、俺の隣に腰かけたらしい。その微かな音で、落ちかけていた意識が引き戻される。

隣に座られることぐらいあるだろう。

「この問題の答えの選択肢は……」

落ち着きのある女生徒の声、それからコロコロと何かが転がる音。……なんだ、この音？

気になって体を起こし、目を細めて横に視線を送る。

女生徒が赤シートを被せた資料集を前に、真剣な表情で鉛筆を転がしていた。

「3、と」

どうやら解答選択式の問題を鉛筆転がしで当てようとしているらしい。

……相変わらず、頭の悪いことをしているな。

黒山(くろやま)未代(みよ)。昨年同じクラスだった女子だ。

一言でいえば、彼女は優等生みたいな劣等生だ。

まず人柄は良いのだ。誰にでも敬語で丁寧だし、真面目で物腰柔らかで棘もない。周りからは清楚とか品行方正とか、その振る舞いを高く評価されている。

続けて身体能力も悪くないのだ。昨年の体育祭では様々な種目で活躍し、所属する剣道部でもエースらしく、集会で表彰されていた記憶がある。

さらに容姿も整っていると言っていいだろう。細身でシュッとした体軀。肩口で切りそろえられた茶のかかる髪。目元は優しげで、温厚さがにじみ出たような顔立ちをしている。

だが――。

「続いて関ヶ原の戦いが……、（コロコロコロ）西暦5年、っと」

――絶望的に頭がポンコツなのだ。西暦5年はないだろ。ちなみに関ヶ原の戦いは西暦1600年、かなり覚えやすい年号だ。

よくもまあ中学で習うレベルの知識もなくて、この高校に入れたものだとも思う。噂によると、入学試験がマークシートだったので、運だけで合格したのだとか。

「……あぁ、さすがにこれは間違いですね。年号だから4回は振らないと」

さすがに西暦の年号が一桁だとおかしい、ということはわかったらしい。

「じゃあもう一回、関ヶ原の戦いが……、（コロコロコロ）3611年、と」

未来だ。というか、六角形の鉛筆では1から6までしか選べないんだから、その方法だと絶対正解にたどり着けないのだが……、気づいていないのだろうか。

それでも、テストが近いから図書室で勉強するという意思はあるらしい。

手段はさておき、一応、真面目なのだと思う、多分。そうでなければ、ただ鉛筆を転がすのが趣味の変なヤツだ。

「それじゃあ次は……（コロコロコロ）、あっ……」

まずったような声と、ぽふりと何かが太腿（ふともも）に当たる感触。そしてこちらの机の下——俺の足元に鉛筆が転がり落ちる。

黒山（くろやま）がこちらを向き、目が合った。

すると、人当たりの良い柔和な笑みが浮かぶ。

「こんにちは、佐治（さじ）君。ええと、おはようございます、ですか？」

「おはよう」

「すいません、勉強の音が騒がしくて起こしてしまったようでして」

「勉強に音はしないと思うが」

というか彼女の中で、鉛筆を転がすのは勉強に含まれるらしい。

椅子を引き、しゃがみこんで机の下に落ちた鉛筆を手に取る。見ると、六角形の鉛筆には数字やアイウといった選択肢が書かれていた。

「ほら、もう落とすなよ」

受け取ると、黒山は何やら意外そうな顔をしていた。

「どうかしたか?」

「いえ、ご親切にどうも」

　彼女の表情がにこりと笑顔に切り替わる。

　なぜだろう、何となく苦手を感じた。

「ところで、大丈夫ですか?」

「何がだ?」

「お疲れで休んでいたようですので。最近、悪い人とよく一緒にいるとも聞きましたし」

『悪い人』というのはドスケベ催眠術師、つまり真友(まとも)のことだろう。

　今や、ドスケベ催眠術師の悪評は学校中に知れ渡っている。もちろん真友の自業自得もあるが、真昼間(まひるま)まひるがドスケベ催眠術師の危険性を記したポスターを各所に貼りまくったのも原因だ。

　とはいえ、わざわざ言い返すことでもない。

　全員に自分の事情を知ってもらおうとも思わないし、今は休むほうが優先度は高い。

「心配してくれるなら、寝させてくれ」

「あ、では最後に一つだけ」

「なんだ?」

「鉛筆、助かりました。ありがとうございます」

　人懐(ひとなつ)こい笑みとともに、軽く頭が下がる。その辺はしっかりしているらしい。

「もう落とすなよ」

「はい、気をつけますね」

黒山は柔らかく笑うと、真剣な顔で問題集に視線を落とし、また鉛筆を転がし始めた。

俺も再度、机に突っ伏す。そして午後の授業に備えて意識は徐々に遠く――ならない。

……コロコロうるせぇな。

＊

放課後。

「サジ君、ちょっとい～い～？」

帰ろうとしたところで、担任から呼び出しがかかる。

応じて廊下に出ると、申し訳なさそうに言われた。

「ごめんね～、用事を伝え忘れちゃってて～」

「用事……、何ですか？」

「さっきメールを送ったんだけど、見てもらってもいい？」

スマホを取り出して確認すると、『学生相談対象者のお知らせ』という件名のメールが転送されている。大元のメールは先週ぐらいに送られたもののようだ。

「学生相談の件、覚えてる～?」

「この前、ホームルームで話していたやつですよね」

学生相談。

二学期から始まるという布能高校の新しい制度だ。

その内容は、学校に常駐するプロのカウンセラーに、学校生活等で抱える不安や対人関係のお悩み等について相談できるというもの。

こういうのは年度初めから始まりそうなものだが。おそらくは先日真友の起こしたドスケベ催眠テロに何かしらの対処をした実績が必要で、急遽始まったのだろうと俺は思っている。

学校側で悩みを持っていそうな生徒を選抜して、一学期中に試験的に実施する、とは聞いたが。

「実はサジ君も相談対象者だったんだけど、メールし忘れちゃった～」

にこやかに言われた。少しは謝意を見せてほしいものだ。

というか俺、担任から『悩みを持っていそう』と思われていたのか。こんなに嬉しくない選考通過は初めてだ。

改めて届いたメールに目を通し、テスト前々週の木曜日の放課後に大将の名前を見つけた。

なんであいつの名前が?

……あぁ、なるほど。これは俺への、というか学生向けの案内じゃないな。他の相談対象者の名前や面談スケジュールがまとめて送られてきている、おそらくは相談員へ送ったものをそのまま転送してしまったのだろう。個人情報垂れ流しだな。

その中から俺の名前を見つけた。……っておい。

「予定だと、今日の昼休みじゃないですか」

「だから、なんで来ないのかって相談員さんに言われて、連絡漏れが判明した感じ～？」

ただでさえぎゅうぎゅうのスケジュールなのに連絡漏れとは。相談員には同情する。

「それで、今日の放課後の人の後が空いていたから、四時半に行ってもらっていい～？　予定、大丈夫～？」

「……わかりました」

面倒に思いつつも了承する。

後にするのもそれはそれで面倒だ。最近は放課後のドスケベ催眠活動もないので、帰ってからの用事は宿題とバイトの作業をするだけだしな。

*

適当に時間を潰した後、件の相談室に向かう。

ちなみに、担任からメンタルに問題を抱えていそうな生徒扱いされたものの、俺に相談したいことなどない。俺の精神はいたって健康だ。問題がないことをアピールして、さっさと終わらせてしまおう。

そうして相談室の前にやってきたので、軽く身なりを整えてからノックする。

扉越しに「どうぞーっ」とハイトーンで元気のいい返事を受けて入室。

部屋の広さは六畳ほど。中央には大きめのテーブル、それを挟むように椅子が置かれていた。奥には生徒指導で使うであろう物品がいろいろと。また、入った瞬間に寒気を覚えるほど、部屋には冷房が効いていた。

「いらっしゃーいっ！」

迎えてくれたのは、白衣を着たスクールカウンセラーの女性。ふにゃふにゃとした笑みを浮かべ、入室者と相対する位置、すなわちこの部屋における上座(かみざ)の席に腰かけている。

「やあやあ、佐治沙慈(さじさじ)君だね。待っていたよ。急にすまないね、何やら連絡漏れがあったようで。とりあえず座っておくれ」

「……」

思考が、凍りついた。

低い位置でまとめた烏羽色(からすばいろ)の髪、優しげで垂れた目元、整った美人顔。

「そんなところで固まってどうかしたかな？　座ったらどうだい？」

飄々(ひょうひょう)と余裕のある口調が、固まる俺に着席を促した。

「あぁ、はい、……失礼します」

どもりながらも、ぎこちない動きでカウンセラーの正面の席に腰を下ろす。

心音が速まり、ジワリと手汗が染み出る。

先ほどまでは一ミリも感じていなかったのに、酷く緊張していた。

だって、

「それじゃあ改めて挨拶だ、どうも、佐治沙慈君」

ぶかぶかの袖をパタパタと鳴らし、手をひらひらと振ってくる。

記憶の中にあるそれと変わらない、耳に馴染みのある人懐こい声質。

目で、耳で、情報を一つ一つ取り入れるたびに、刻まれた思い出が呼び起こされる。

間違いない、この人は、

「私はスクールカウンセラーの――」

「水連……？」

せり上がってきた感情が名前という形でこぼれ出た。

それを聞いた彼女は、眩しい太陽のような笑みを浮かべると、

「はっはっは、そうだ、水連お姉さんだよ。沙慈君、ご無沙汰だね、元気にしていたかい？」

両手でピースを作りながら、陽気に自己紹介。

甕川水連。

かつて俺が山本沙慈だったころの、近所のお姉さん的な人。

自由奔放、明朗快活、天真爛漫、明朗闊達、ハイテンション。

それでいて物事を理詰めで考える合理主義者。

昔、憧れた人。

どうして、ここにいる……？

ともかく立場に準じて適切に対処しよう。

「お久しぶりです。元気にしていました。甕川先生」

「おおいおいおい、感動の再会なのにドライだなぁ⁉　これじゃあ乾燥の再会じゃないか⁉」

「俺は、感動しています。今、とても嬉しいです」

「雑な和訳みたいな言い方⁉　もっとこう……あるだろう⁉　いや、あれ！」

そう言われてもな。

「とにかく水蓮でいいし、敬語とかも不要だ。昔みたいに、また仲良くやろうじゃないか？」

「いえ、甕川先生でお願いします。言葉遣いもこのままで」

目上の人へのため口、よくない。

「肩肘張らず、友達みたいな感じでいいのになぁ」

「友達みたいと言われましても」

「すまないすまない。友達というのは一緒に遊んだり話したりする親しい人という意味で」

「友達の意味を聞いたんじゃありません」

「じゃあ友達がいないからわからないと……？」

口に手を当て、潤ませた瞳から憐れみの視線が向けられる。

「違います。立場的にそれはいかがなものかと思うだけです」

「お堅いことを言いなさんなっ！」

言いながら、席を隣に移動してきた。

ふわりと甘い香りが鼻をくすぐり、一瞬だけ肩が触れ合う。

思わずビクッとして、咄嗟に身を引いた。

「近いです」

「こら、逃げるんじゃない」

「!?」

席から立って離れようとしたら、手を掴まれ、動きが止められる。

さらにもう片方の手で、素早く顎を持ち上げてきた。

……顎クイである。

数センチ近づけたら鼻先が触れ合うような距離に上目遣いをした水連の顔があった。

ドクリ、と。

心臓が大きく跳ねて、体が熱くなった。思わず、視線を逸らす。

「大きくなったね。顔もこんなにかっこよくなって……はないか。小学生とすれ違ったら通報されそうな顔だ。時の流れは残酷だぁ……。近所の公園とか一人で行っちゃだめだぜ？」

酷い。

「というか、ちゃんと眠れてるか？　今日は湯船にしっかり浸かって暖かいお布団でぐっすりするといい。それとも昔みたいにお風呂とお布団、一緒に入るかい？」

「あんまりからかわないでください」

きっぱりやめてほしいと言い返すとしよう。覚悟を決め、軽く息を吸うと、

「おっと、この辺にしておこうか。子供扱いされたくないものな。反省反省」

水連がパッと手を放し、俺を解放する。

そのせいでもう少し距離感を取るようにと告げるタイミングを逃してしまった。

とはいえ、言いたいことは他にもある。

「記憶の捏造はやめてください。俺に、一緒に風呂に入った記憶はありません」

「いやいや、あるよ。めっちゃある。一億万回は入った」

「どんな単位ですか」

「入ったのは本当さ」

「記憶にありません」

実際、ないんだよな。もしかしたらあったかもしれないが、本当に記憶にない。

「むぅ、ずるい政治家のやつだ……。まあ、今はそういうことにしておこうか。言葉遣いと呼び方も、立場的には確かに仕方がないか」

諦めたようなため息とともに、肩を落とした水連が俺の正面の席へ戻る。

よかった、どうやら納得してくれたらしい。

そう安堵(あんど)した瞬間、彼女はニマリと笑った。

「なんて言ったら、安堵して、私のことを御(ぎょ)しやすい人とでも思ってくれるかな？」

「……それは」

「はっはっは、冗談さ」

……やりにくい。

わかりやすく拒絶させてくればいいのだが、そこまで嫌がることはしてこない。適度なところで引いてくる。

まるで、こちらの考えていることを全て見透かされているような気分になる。

「それでは積もる話もいろいろあるけども」

口調は変わらずあっけからんとしたものだったが、ペンを片手に仕事モードに切り替わる。

「まずはやることをやってしまおうか。どしたん？　話聞こか？」

「相談したいことはありません」

「ないんかーい！」

ジェスチャー付きの大げさなツッコミ。

「担任から受けるよう指示があっただけです。甕川先生がいることも今知りましたし」

「おかしいな、担任の先生からは『沙慈君はメンタルに重大な疾患を抱えた超高校級のサイコパスだから、特に念入りにお願いします～』と申し送られたのだけど」

俺、担任にそんな風に思われていたのか。にこやかな顔して、えぐいこと言いやがる。

「……相談するようなことでもありません。自分でどうにかします」

「なら問題なしだね。いやはや助かるよ。給料が同じなら、仕事は少ないに限る」

「それは職務怠慢では？」

テーブルに頬杖を突き、上目遣いでこちらを見通すように水連は返してくる。

「沙慈君だって、問題でもないようなことを問題扱いされて騒がれるのは嫌なタイプだろう？」

「まあ、そうですけど」

「なら、この対応がウィンウィンだ。相談したいことがあったらまた来るといい、っとそうだ」

言葉を区切り、スマホを取り出してから。

「連絡先を教えておこう。相談窓口、ホットラインというやつさ」

最近はアカハラの相談などもあるので、カウンセラーとのやり取りは教員を排して直接行うようになっているらしい。

「そうだ、この連絡先はほかの生徒には秘密で頼むよ。私の個人情報だからね」

「相談窓口ってそれ専用のアカウントとか使わないんですか？」

「使うよ？　ほかの生徒にはそっちを教えてるし」

「なんで俺はそっちじゃないんですか？」

「まあまあ、私と沙慈君の仲じゃないか。特別にモーニングコールからピローコール、ツインテールにバニーガールまで、何でも対応するぜ？」

「頼みませんけど」

この人をカウンセラーにしてよかったのか？　公平性ないぞ。

……普通、プライベートの知り合いがいることもないだろうが。

「今日のところはこれで終わりにするけども、最後に何か質問はあるかい？」

一つ、気になることがあった。

「先生の、プライベートの質問でもいいですか？」

「もちろん、答えられることなら何でも答えよう。ちなみに処女だ」

「ちなまないでください」

俺が何を聞くと思ったんだ。というか、答えてもいいことらしい。

ともあれ気を取り直して、最初に聞きそびれてしまったことを聞いておこう。

「甕川先生は、どうしてここに？　……偶然、とは言わないですよね？」

タイミング的に、カウンセラーの募集は真友(まとも)が事件を起こしたから発生したものだ。

つまり水連は、ドスケベ催眠テロのことを知った上で、ここに来たと考えられる。

彼女はドスケベ催眠術師の脅威を知っている。それなのに、どうして来たのか。

「それについては、別の人も交えて話したい。同じことを何度も話すのは非効率だからね」

「別の人、ですか？」

俺の問いに、水連はにこりと笑って言う。

「片桐真友」

「……どうしてその名前が？」

「前職で取引先だったんだ。だから挨拶も兼ねて、ね」

いったい何の仕事してたんだよ。

ともあれ。

俺と、俺に合理主義を教えてくれた人との再会だった。

3章　トラブルテリブルスクランブル

翌日火曜日、早朝。

昨日同様、真友のドスケベ催眠練習に付き合うため、俺は早めに家を出た。

「あっつ……」

じめじめとした空気と突き刺すような日差しに茹るような声がこぼれた。今年の六月は梅雨を感じないほどに雨が少なく、日に日に暑さと不快指数が増していっている。

少しでも早く快適な場所に行きたくて、自然と学校へ向ける足は速まった。

催眠術が解けて以降、俺と真友はともに登下校をしていない。必要性がないからだ。歩くペースも合わず非効率でさえあるので当然とも言える。

学校に着くと、昨日も使用した視聴覚準備室へ向かう。

以前まで真友とドスケベ催眠術に関する話をするときは屋上を使っていたが、ここしばらくは猛暑や所属する部活の部室で堂々と部屋の鍵を借りられることなどから、そこを避けて視聴覚準備室を利用していた。

「おはよう、サジ」

「おはよう、真友。……ふぅ」

視聴覚準備室に到着すると、空調の効いた涼しさと真友に迎えられる。

俺が来るなり、真友は手にしていた本を閉じて机に置いた。

何の気なしに見ると、タイトルは『ドスケベ催眠帖』、著者名は『山本平助』。

俺の視線に気づいたのだろう。

「久しぶりに技術書を読んでた。……サジも読む？」

「不要だ」

タイトルからして、ロクな本とは思えない。どこの出版社だ、こんな本を世に出したのは。

「じゃあ、今日もアップから始める」

「前も思ったんだが、ドスケベ催眠術にアップっているのか？」

ドスケベ催眠活動中は見た記憶がなかったが。

「当然。しないとベストなパフォーマンスを発揮できないし、ケガに繋がる」

ケガの要素とはいったい……？

と、そうだ。

ルーティンに沿って動こうとする真友に声をかける。

「練習の前に少しいいか」

「何？」

「甕川水連って知ってるか？」

「……水連を知っているの？」

驚いたような口調で聞き返してきた。この反応からして、真友が水連と知り合いなのは間違いないだろう。

水連がカウンセラーをしていて学校に来ていることを伝えてから、本題を告げる。

「お前を含めて話がしたいと言っているんだが、時間をとれるか？」

「わかった。時間はいつでも大丈夫」

水連に連絡を取ってみると、一分もしないで返事が来た。

すぐに行く、とのこと。

数分もしないうちに、コンコンとノック音が部屋に響く。本当にすぐに来たな。

返事をすると、ガラガラと扉の開く音がして、

「何この部屋、きったなー」

と叫び声。やがて立ち並ぶラックの隙間（すきま）から、昨日同様上機嫌の水連が元気よく姿を見せ、

「やあやあ沙慈（さじ）くーん！　水連お姉さんが来たーっ！　今日も吸血鬼が即死しそうないい天気だね！　実際、死にそうなくらいに暑い！」

「水連、久しぶり」

「おおうおう、真友ちゃんも久しぶりだ。元気してたかい？　顔良し表情なし胸なし、う

ん、いつも通りで安心したよ」

「胸はある」

「はっはっは、相変わらずつまらない冗談だなぁ」

「冗談じゃない。真実」

ムッと返しつつも、真友の雰囲気は親しい相手にするような、どこか砕けたものだった。

水連のほうもいろいろと遠慮ない物言いで、どうやら本当に知り合いらしい。


その後、適当に座って話す流れになる。なぜか席の配置は俺と水連が隣り合い、真友が向かい合う感じだ。……距離が近い。何だこれ、行ったことないけどキャバクラか？

まずは、互いの関係性を改めて確認することになったので、俺から尋ねた。

「お二人はどういう知り合いなんですか？」

水連は視線を真友に向けて、

「真友ちゃん、私の話をしていないのかい？」

「そういう水連も話してない」

「確かにタカアシガニ！　いぇいいいぇい」

「ぴーすぴーす」

言いながら、能面の真友と笑顔の水連が両手チョキチョキでコミュニケーションをとる。

……真友が普段からダブルピースチョキチョキするの、水連の影響だったのか。

「昨日も言ったけど、真友ちゃんとはお仕事で――カウンセラーをする前の仕事で付き合いがあってね」

「水連は占い師としてドスケベ催眠サポーターをしてくれていた」

「それで通じると思うなよ」

　業界用語はわかる人にだけ使ってほしい。なんだドスケベ催眠サポーターって。

　そんな疑問に答えるように、水連が補足してくれる。

「要するに、ドスケベ催眠術師にお仕事を斡旋するお仕事をしていたわけだ。前職は何の根拠もないけどよく当たるインチキ占い師でね、もう飛ぶ鳥を落とす勢いで私のところにきた客を送り込んださ」

「依頼の大半が水連からの紹介だった」

　ドスケベ催眠術師の仕事は大半が、占い師や精神科医などの専門家からの口コミか紹介だ。どうやらその人たちを一括して、ドスケベ催眠サポーターと呼ぶらしい。要するに営業マンか。

「例えば、えーと、何だったかな、あのビッグな引きこもりは？」

「真昼間まひる？」

「そうそう真昼間ちゃんだ。あの子を斡旋したのも私さ」

　真昼間、インチキ占い師に相談しちゃったのかー……。

「水連、もうサポーターはしてくれないの？」

期待を込めた目で、真友が尋ねる。

「すまないが、もうやる気はないんだ。負担が大きいんだよね、クレカや賃貸の審査も通らないし。する理由もなくなったし」

あっけからんとした水連に、俺は尋ねる。

「サポーターをしていた理由って何だったんですか？」

「何だと思う？」

まるで俺が知っているかのような物言い。

少し考えるも答えが出ない。

そんな俺に、水連は優しく言う。

「正解は君にかかっていた催眠術を解こうと思ったからさ。君を助けるというのが、私の行動理由だからね」

……その言葉に、違和感を覚えた。

「どうしてサポーターをすることが俺を助けることにつながると？」

「ドスケベ催眠術師の評判が良くなれば、君がドスケベ催眠術師を許せるようになる。つまるところ、平助（へいすけ）氏の考えに共感して助力したわけだけれど、それがどうかしたかい？」

平助のそんな夢物語に、水連が協力をするものだろうか？

俺の疑念を感じ取ったのか、

「あまり疑うなよ。事実、沙慈君にかかっていた催眠術はこうして解けているじゃないか」

確かに、結果的に目標は達成されている。

そこまで見越していたと思えば変ではないのだろうか？

続けて水連から。

「沙慈君と真友ちゃんは協力関係、でよかったかな？」

「一応、補足をしておきます」

俺は真友との関係性、これまであったことを大まかに伝えた。

二人でドスケベ催眠活動をして、平助にかけられた催眠術を解いたこと。

その過程で、真友はドスケベ催眠術師として大半の生徒から避けられるようになり、俺は無害認定されつつも真友と関わっているので微妙に距離を取られていること。

真友が一人でドスケベ催眠術を使えなくなったので、それをどうにかしようとまたともに活動をしていること。

「なるほどなるほど。まあ、聞いていた通りかな」

どうやらおおむねの内容は把握済みらしい。サポーターとして真友からドスケベ催眠関連の情報を、スクールカウンセラーとして教職員から学内での状況を聞いていたようだ。

最後に真友から。

「水連とサジはどんな関係？」

「私たちは昔、近くに住んでいた幼馴染でね。……なんと、一緒にお風呂に入った仲さ」

「サジ、まさか風俗通いだとは」

どんな勘違いだ。そう言おうとしたのだが、

「それはつまり、私が風俗で働いていたと言いたいのかい？」

興味深そうに水連が尋ねた。

まさか水連側から指摘が飛んでくると思っていなかったのか、真友は慌てて、

「いや、そういう意味じゃなくて」

「では説明してもらってもいいかい？　どう考えたら『私が昔風俗では働いていた』とか『未成年で高校生の沙慈君が風俗に通っている』という発想になるのか、その詳細を」

「……ごめん」

「どうして謝るんだ？　謝る必要なんてないじゃないか？　私は全然怒っていないのだから。ただ、どうしてそういう勘違いをさせてしまったのか、確認したいだけなんだ。結果的に騙してしまったみたいだし、今後そうならないように私も言動を改めたいからね」

穏やかながらも問い詰めてくる水連に、真友はたじろぎながら、

「……お風呂に入ったって、言ったから」

「なるほど。風俗には『特殊浴場』と呼ばれるジャンルがあるから、それと勘違いしたわけだ」

水連はうんうんと頷き、納得を示す。

その様子に真友はホッと胸を撫でおろすが、

「しかし、なんで一般家庭のお風呂場をじゃなくて特殊浴場を思い浮かべたのだろうか?」

「それは、ちょっとボ――」

「私は風俗が悪い仕事だとは思わないが、風俗嬢呼ばわりされるのは、人によっては不快を感じることだ。まさか、勘違いを装ったボケだった、なんて言わないよね?」

「……うぅ、サジ、ヘルプ」

真友が困ったようにこちらへ視線を向ける。しかし、

「おいおい、風俗通いと言ったのは真友ちゃんだ。沙慈君に助けを求めてもどうにもならないじゃないか。私はただ、理由を聞きたいだけさ。なんで家庭のお風呂ではなく特殊浴場を想定してしまったのか、さ、話しておくれ?」

笑顔で理由を求め続ける水連。ボケ殺しのロジハラだった。あるいはロジギレとでも言うべきか。

だがまあ、時間ももったいない。

「真友、勘違いを装ったボケが面白いと思った、と認めれば終わるぞ」

「いやいや沙慈君。きっと特殊浴場を想定する適切な理由があったんだよ。じゃなきゃ、他者を不快にさせかねない思い込みをするわけがない。仮に冗談で面白がって言ったなら、ゲス（下種・推測）が過ぎるというものだ」

これがボケの手本だぞ、とでも言わんばかりにドヤ顔を浮かべる水連。

対して真友は、観念したように、

「……ごめん、面白いと思って勘違いを装ってボケた」

「謝るべきは私だけかい？」

「サジもごめん」

なるほど、面倒なボケにはこうやって対処するのか。とても勉強になるな。

……。

「まあ、俺からすれば甕川先生とお風呂に入ったということ自体が冗談なんですが」

「なくした記憶は、同じ体験をすると思い出すと聞いたことがあるけれど、……今夜、どう？」

「やめてください」

「あははっ、なかなか攻略し甲斐のある毒舌弟キャラだな、沙慈君は」

「人を攻略対象にしないでください」

こちとら未成年だぞ。

そんな俺たちのやり取りを見て、真友がジト目でぼそりと言う。

「サジの敬語、キモい」

　なんてこと言うんだこいつ。立場が上の人に敬語を使うのは常識だろ。

「そうだ！　沙慈(さじ)君の敬語キモイぞ！」

　二対一で劣勢になった。なんでだよ。

「沙慈君の敬語を聞くと、鳥肌が立って、全身が震えて、頻脈(ひんみゃく)や不整脈が起きて、心臓が止まりそうになる。というわけで、早急にやめてもらおうか」

「人の敬意を毒物みたいに言わないでください」

「サジ、相手の要求に応じるのもコミュニケーション。機械じゃないんだから」

　敬意を示しただけなのに、酷(ひど)い言われようである。真友(まとも)については、さっき水連(すいれん)に問い詰められた憂さ晴らしのつもりかもしれないが。

　何にしても、この程度のことで毎回言われるのも面倒だし、時間の無駄だ。

「わかった、水連。敬語はやめる。これでいいか」

「最高っ、今日は閉店間際のスーパーで半額になったパック寿司でパーティだぁ！」

　水連は嬉(うれ)しそうに言うが、……喜びの表現が、何か悲しいなぁ。

　俺と水連が元ご近所さんの年の差幼馴染(おさななじみ)。

　俺と真友がドスケベ催眠術の復活に関する契約を交わした関係。つまり協力者。

水連と真友が元仕事の付き合い。

そんな互いの関係性を共有したところで、俺は昨日保留にされたことを改めて尋ねた。

「それで、水連はなんで学校に？」

「ここのカウンセラーに転職したからさ。え、転職理由を聞きたい？　しょうがない、教えてあげよう」

「何も言ってないが？」

「定職とか社会的信用とかサポーターをする理由がなくなったというのもあるけど、一番の理由は変わっていない。沙慈君を助けに来たのさ」

「別に、今は困ってはいないが」

「でも、真友ちゃんが来て、毎日大変じゃないか？　今日も朝練に付き合わされているみたいだし。昨日に変わらず、今も目元はクマばっちりじゃないか」

「クマは常駐だ」

「とにかく、そんな常時不健康状態な苦労人・沙慈君の負担が少しでもなくなるように、助けに来たというわけだ。これでいいかな？」

「これも私が雇用機会を生んだおかげ。感謝すべき」

腕を組み、うんうんと頷く真友。その解釈は図太すぎだろ。

なるほど、真友を交えて話したのは、あまり迷惑をかけるなと真友に釘を刺すためでもあるのだろう。

「私からも聞きたいのだけど」

前置きをしてから水連はにこりとした——なぜか圧を感じさせる——笑みで真友に尋ねる。

「こんな誰も来ないような部屋で何をしていたんだい？」

「ドスケベ催眠術の練習、リハビリ。略してリハビリ催眠術」

「朝っぱらから、二人っきりで？　まさかとは思うが、卑しいことをしていないだろうね？」

「何もない」

「本当に？　色目とドスケベ催眠術を使って卑猥なことをしていなかったか？」

水連が冷たい目を浮かべ、感情の失せた声で言う。

「しつこい。ないったらない。私のドスケベ催眠術は健全」

ドスケベ催眠術の時点で健全と言い張るのは無理があると思うが。

「端的に聞くが、沙慈君の童貞を奪おうとしていなかったか？」

「なぜ俺が童貞なのを前提にした？」

「奪おうとしてないし、要らない。ノーサンキュー」

真友が淡々と否定する。

というか水連、やたらと突っかかるな。

「そもそもサジにはどんな催眠術も効かないから私からは何もできない。私自身、サジの好みから大きく外れている。私たちはあくまでビジネスなドスケベ関係に過ぎない」

　確かに俺の好みは胸の大きな年上の女性だ。結構前の話だったが、よく覚えていたものだ。

「沙慈君の好み？　なんだいそれは。最高に気になるのだけど、いくら払えば教えてくれる？」

「ただでいい。価値のない情報」

　おい。

「確か胸の大きな、年上の……、あっ」

「あっ」

「ほう？」

　視聴覚準備室に漂う沈黙と微妙な空気。

　しまった、動揺を表に出してしまった。

　俺の反応から察したらしい、水連は嬉（うれ）しそうに体をくねらせて、

「なんだなんだ、私のこと大好きじゃないか。いやぁ、我が世の春が来た！」

「タイプなだけだ。別に水連のことじゃない」

「はっはっは、照れるな照れるな。もしかして私たち、以心伝心相思相愛比翼連理（ひよくれんり）で琴瑟調和（きんしつちょうわ）な水魚（すいぎょ）の交わりここにありだったか？　ならもっと早く言ってくれればよかったのに。こちらはいつでもどこでもウェルカム&ウエディング&マタニティだぜ？」

「展開早すぎないか？」

「結婚式のスピーチは真友ちゃんに任せようか」

「結婚する気満々。両想いおめでとうサジ」

真友がパチパチとまばらに拍手。

「冗談はやめてくれ」

ため息をつきつつ、俺は水連と真友の言葉を流す。

「むっ、冗談なんかじゃないよ。本気と書いてガチだ」

不服そうに頬を膨らませてから、水連は当たり前のことのように続ける。

「私は沙慈君のことが好きだとも。もちろんラブの意味で。先程の言葉と合わせてガチラブさ」

この言葉が本当なら、いろいろと納得できる。

好きだから、俺にかかった催眠術を解こうとサポーターになった。

好きだから、俺に会いに来た。

好きだから、嫉妬して俺と二人でいる真友にやたらと突っかかった。

ただし。

それを受けた俺は、自分でも嫌気がさすぐらいに冷静だった。

「真友、確認したいんだが」

俺が具体的なことを言う前に、真友がスッと立ち上がる。

「私は空気の読める女。というわけで、少し席を外す」

「空気が読めるなら話を聞いてくれ」

「ごゆっくり～」

　こちらの話には全く耳を傾けず、ささっと荷物をまとめると、真友は口元をニヤつかせ、流れるように部屋を出て行った。

「さすが真友ちゃん、空気が読めるね」

「むしろ俺は空気扱いされたんだが?」

　おかげで、二人きりの部屋で並んで座るシチュエーションの出来上がりだ。カップル席かよ。

　まあいい。事務的に対処するまでだ。

「そういえば沙慈君に直接好きと言うのは初めてな気がするよ」

「確かに初耳だが」

「だよね。わ、なんか恥ずかしくなってきたよ。あ、でも、返事とかはいいよ?　私は重くない女だからね」

　ありがたい申し出だった。ここで返事を求められても何とも言えないし。

「なぁに、返事を遅らせた分だけ、一人の成人女性が処女をこじらせて、適齢期を過ぎた売れ残りの割引セールおばさんになっていくだけさ」

「重いんだが?」

「それはそうと、二人きりだね」

「めちゃくちゃ重いんだが?」

「男と女! 密室! 何も起きないはずがなく!」

言いつつ、俺の手を握ってくる水連。

途端に心臓がドクンと跳ね、体が熱くなる。

「やめろやめろ。何も起こすな。そもそも密室でもない」

「はぁ、その反応は拒絶されてるみたいで傷つくな」

ぼやく水連の手から逃れ、立ち上がって距離を取る。

「そもそも、どうして俺のことが好きなんだ?」

「そんなの、決まっているだろう。昔、君と一緒に過ごした時間が幸せだったからだ」

普通、こういうことを異性に言われたら嬉しいのだろうが。

やっぱり俺の心の内は冷めたままで、その好意に疑念を——確信さえ、覚えていた。

*

その後、職員会議の時間だからと、水連が部屋を出て行った。

直後、呆れたように真友が戻ってきた。どうやら部屋のすぐ外で待機していたらしい。

「あそこまでされて何もしないなんて情けない。据え膳食わぬは男のサジ」

「人の名前をことわざに交ぜるな」

というか、覗いてんじゃねぇよ。

まあ、今それはどうでもいい。

「それよりも、ドスケベ催眠メモリアルを見せてくれないか？」

ドスケベ催眠メモリアル。初代ドスケベ催眠術師である俺の父親が特別な催眠術を施した相手のリストだ。術をかけた時期、内容、解除条件等が記されている。

俺の言葉の意味を察したのか、真友は訝る目を俺に向けて、

「いいけど、……もしかして水連の恋心が催眠術で植えつけられたものだとでも思ってる？」

いつも持ち歩いているのか、真友はジト目を浮かべつつもカバンから一冊のノートを差し出してきた。すべてスキャンしてクラウドで共有してくれれば、こういう手間もないのだが。

俺はそれに目を通しながら、問いに答える。

「他に理由があるか？」

「好意を向けても信じてもらえないなんて、水連かわいそう」

「むしろ、それで確信したままであるがな」

「好意を信じられないなんて、サジかわいそう。これが愛さえ知らずに育ったモンスター……」

「なら想像してみろ。真友、今男子小学生に恋愛感情を持てるか？」

当時の水連が俺に好意を持つというのは、そういうことだ。

「……それは、難しいかも」

「そういうことだ。……見つけた」

やはりと言うべきか、ドスケベ催眠メモリアルの中には彼女の名前があった。

かかっている催眠術は『ずっと沙慈を好きになる』。

「ま、当然だな。俺が好かれるわけがない」

「なんで自慢げ？」

かけられた時期は、俺が合理的になってしばらくした後。

解除条件を見ると『沙慈の成長』とあるが、具体的なことは何も書かれていない。

「……成長って何だよ」

「こうげきとくこうが一段階上がる草タイプの技」

「それは生長だ」

仮にそうだとしてどうやるんだよ。土に埋まればいいのか？

まったく、どうやって解除したものか。

悩む俺に、真友が不思議そうに尋ねてくる。

「サジは水連にかかっている催眠術を解きたいの？」

「当たり前だろ」

「好みのタイプの相手が自分を好きになるような、都合のいいものなのに？」

「真友も前に言ってただろ。そういう催眠術にかかっているとわかっている相手から好意を向けられてもむなしいだけだ」

仮に俺が水連のことを好きだったとしても、事あるごとに「この人、催眠術があるから俺のこと好きなんだよな」と思うのなんて、悲しすぎる。実際現在進行形で、先程胸が高鳴ったのをむなしく感じているし。

「それに多分、あの人は俺のせいでこんな催眠術をかけられたんだ」

「どういうこと？」

「俺にかかっていた催眠術、『利己的で周りを気にしない合理主義な人間になること』の解除条件、あるだろ」

「師匠を許すこと？」

「あぁ。もしかしたら平助（へいすけ）は自分が許されるために、水連を利用したのかもしれない」

当時から、俺と水連はご近所さんとして仲が良かった。

そんな彼女を献上することで、平助は俺の機嫌を取ろうと――許されようとしたのかもしれない。泣きじゃくる子供にお菓子を与えて宥（なだ）めるように。

あるいは『利己的で周りを気にしない合理主義な人間になる』という催眠術で孤立することを見越して、俺が一人にならないようにあてがったか。

「師匠はそんな、非人道的なことはしない」

「まあこの際、経緯はどうだっていい。『ずっと沙慈（さじ）を好きになる』なんて内容なんだ。俺のためにかけられた催眠術には違いない」

「それは否定できない」

「何にしても解除条件が俺にしか対処できないもので、俺が放っておいたらいつまでもこのままなんだ。なら、俺が解くしかないだろう」

一度、ドスケベ催眠メモリアルの中身全部を精査してみる必要がありそうだ。もしかしたら、他にも水連（すいれん）みたいなケースがあるかもしれない。

「だったら、私も手伝う。あの人にはいろいろ仕事を紹介してもらって、感謝してる」

「助かる」

こうして俺たちは、水連にかかったドスケベ催眠術解除をすることになった。

それにしても、俺の成長、か。

いったい、何をすればいいのやら。

*

『件名：緊急招集
本文：

該当学生　各位
おはようございます。生徒会の有村です。

お手数ですが、当メールを受け取った学生は、本日昼休みに多目的室へお集まりください。

用件については、個人情報なども含まれますため、集合の際にお話しさせていただきます。

なお当メールについては、他言無用にてお願いいたします』

メールに気がついたのは、一限が終わったころだった。

昼休みは図書室で眠りたいところだが、無視して不利益を被るのも避けたい。何が起きたかは知らないが、緊急というからにはそれなりに大事なことなのだろう。

そんなわけで昼休み、俺は多目的室へ向かった。

なお多目的室と銘打っているが、実情はただの空き教室である。

訪れると、四十名分ある席の半数以上が埋まっており、ざわざわと騒がしい。

「サジ、こちらだ」

窓際前方から大将の声。あいつも呼ばれたらしい。

そちらへ行くと、同じクラスの生徒がまとまって座っている。

「あんたも呼ばれたんだ」

空席に腰かけると、隣にいた高麗川から胡乱な目を向けられた。

「あぁ。どういう人選なんだかな」

「そうね」

……。

話が途切れた。目線も手元のスマホにしっかり固定されている。

どうやら、俺とこれ以上話すつもりはないらしい。

見渡してみると、多目的室にいる一組の生徒は俺を含めて四名。他クラスも三人とか五人とか似たような数が呼び出されているようだ。

果たして何の集まりなのかと考えていると、

「学生注目(ちゅうもおく)!!!!」


ビリビリと大きな声が響き、ざわめきを切り裂いた。

見ると、教壇の上に今回の呼び出し主、生徒会長と副会長の姿が。

「昼休みにわりィな!!!! 生徒会長の有村(ありむら)だ!!!! 今日は時間をもらうぜェ!!!!」

荒々しい口調にドスの効いた大音量で叫び話すのは生徒会長の有村六法(ろっぽう)。たてがみのように逆立つ赤髪に釣り目の三白眼、いかつい顔が特徴的な、不良に見える男だ。

ちなみに強面(こわもて)な容姿や言動に対し、その実は正義感の強い熱血漢である。なぜ知っているかって、昨年、同じクラスだったから。

続けて教卓の前に、金髪ロングにサングラスの、煌(きら)びやかな男が立つ。儚(はかな)げな雰囲気を醸し出した、シュッとしたイケメンである。

「どうも皆さん、こんにちは。生徒会副会長の四田四季丸(よんだしきまる)です。呼び出した理由は、自分から説明させていただきます」

こちらは自己紹介の通り、生徒会の副会長の四田四季丸。派手な容姿に反して落ち着いた言葉遣いをしており、ホストやインテリヤクザのような人種を彷彿(ほうふつ)させる。

生徒会長と真逆でクールなやつなので、生徒会のブレーキ役を担っている。

「この度、『テスト対策部』という制度の利用を希望する生徒が現れました」

「「「……？」」」

「テスト対策部というのはですね」

部屋の各所で疑問符が浮かんだのを見て、四田が『テスト対策部』とやらの説明を始めた。

まずこの学校には成績不良者と呼ばれる生徒がいる。これは学業成績が著しく振るわない生徒に与えられる不名誉なステータスを指す。

『テスト対策部』とは彼らの救済措置であり、次のテストで赤点をとらないように、学業優秀とされる生徒にフォローを求めることができるというもの。

フォローする側の生徒は、前回テストの上位陣の中から有志で決定する。ちなみに引き受けると内申が加算され、推薦等で有利になるのだとか。

そしてこの場に集められたのが、その上位陣らしい。改めて集まった面々を見ると、確かに勉強のできる面々だった。

なおフォローする側の生徒は最低限一人いればいいらしい。というのも学習資料は教師が用意するし、教える内容も赤点をとらないぐらいの基礎だけでいいから、だそうだ。

この場の大半が制度を知らなかった理由としては、

「昔からある制度なのですが、あまり使われないものみたいです。成績不良者は課外活動全般が禁止されますので、部活の顧問の先生からやめてほしいと声がかかったりするようです」

とのことだ。

「つきましては、成績優秀な皆様の中から最低一名の方に、とある成績不良者のフォローをしていただきたいのです。個人情報保護の都合で、教える相手が誰なのかは引き受けてくれる人にしか言えないのですが」

四田(よんだ)が手を上げ、挙手を募るように続ける。

「ここまで聞いて何か質問のある方はいらっしゃいますか？　あるいは、今の時点でもうやってみたいと考える徳の高い方はいらっしゃいますか？」

「「「……」」」

返事はなく、当然手が上がることもなく。

あるのは重くて嫌そうな雰囲気のみ。

ま、そうだろう。

突然『成績不良者のフォローをする制度がある』と知らされて、誰がそんな面倒な役を引き受ける。成績不良者に教える時間があるなら、その分自分の勉強に費やしたほうがいい。仮に全科目、しかもそれを一人で教えることになったら、広く浅くでいいとはいえ相当な負担だし。

せめて教える相手が誰かわかれば友人などが引き受けるかもしれないが、『誰に教えるかは引き受けないと教えない』という。引き受けてから相手が自分の嫌いな相手だと判明したら、目も当てられない。

聞いている限り、俺には貧乏くじを押しつけるような、穴だらけのずさんな制度にしか思えない。

しばしの沈黙の後、大将が挙手をして、質問を投げた。

「生徒会の役員で対処する、ということはないのか？　二人も成績は良いほうだと記憶しているし、成績不良の生徒のことも知っているのだろう？」

副会長はあの特異な容姿に似合わず学年一位、生徒会長はあの不良っぽい見た目に似合わず学年二位だ。得手不得手はあるだろうが、人選として不足はないだろう。

「生徒会は何でも屋ではありません。あくまで、制度を通達・運営する側です」

確かに今年が例外なだけで、生徒会役員全員が勉強を得意としているわけでもない。生徒会だからやれ、というのは違う話だろう。

「推薦で有利にもなりますし、人に教えるという貴重な経験を得ることもできます。人間的に成長できるいい機会とは思いますが、いかがでしょうか?」

「設問集やら課題やらは先生らからもらえっから、そんなに難しくはねェはずだ!!!」

「「……」」

生徒会の二人がメリットを主張するも、沈黙と『誰かやれよ』という空気が漂う。

そんな中、俺は四田が口にした『人間的に成長できるいい機会』という言葉を考えていた。

成長。

ドスケベ催眠メモリアルで見た、水連にかかる催眠術の解除条件だ。

水連からすれば、かつての俺はただの子供だった。

そんな子供が、誰かを教え導ける存在になっていたら、どうだろうか。

成長したといえるのではないだろうか。

手間ではあるが、検討の余地はある。

「立候補もないようですので、とりあえずこの場は案内のみとさせていただき」

「一つ、質問なんだが」

挙手をして、俺は四田を遮った。周囲の視線がパッと集まる。

「サジ、どうしたァ!?!?」

「一つ目。もしもこれを引き受けたら、それを教職員に知られるか？」

「はい。内申点に関わることですので、全教職員が知るはずです」

つまり、ここで引き受ければ、それは水連の耳にも入るということ。

「二つ目。もしも教えた相手が結果を出せなかったら、ペナルティはあるのか？」

「それはありません。もちろん、二人きりという状況を使ってのセクハラ、教える立場を使ってのアカハラ、結果が出ない腹いせで罵詈雑言を浴びせる等の行為はペナルティの対象となりますが」

時間を取られることを除けば損はない、か。

それなら、

「俺がやろう」

結論が出るなり即座に了承する。

「二年一組、サジが立候補だ、他にはいないか？　いないな！　はい決まり、みんな拍手！」

考え直す時間を与えないためか、とんとん拍子に話が進められ、あっという間に決定した。せこい司会だ。

パチパチと大きな拍手が多目的室にいる生徒たちを包む。誰もが貧乏くじを引かなくて済んだことに、ホッとしているようだった。

「それでは、本日はありがとうございました。佐治（さじ）君、詳細は後でメールしておきますね」

四田(よんだ)がメガネをクイッと直して場を締めくくり、テスト対策部のメンバー選出イベントは終了した。

＊

放課後。

『そんなわけで水連(すいれん)にかかった催眠術解除のため、誰かに勉強を教えることになった。悪いが、しばらく放課後のドスケベ催眠活動は参加できそうにない』


早くも今日から、テスト対策部の活動が始まる。

忘れないうちに、真友(まとも)に放課後のドスケベ催眠活動はできないと連絡をしておいた。

返事はすぐだった。

『朝練に支障がないならそれでいい。しばらく仕事は受けないでおく。水連が辞めてから仕事も激減してるし、しばらくは充電期間にする』

目的が目的、状況も状況だからか、特に不満が出ることはなかった。

『ドスケベ催眠術が必要なときはお任せあれ』

さらにはこんなメッセージまで。頼もしいじゃないか。頼るつもりは毛頭ないが。

情報共有を終えたので、活動場所へ向かう。

その途中、教室を出た俺を追ってきたのか、

「サジ君待った待った」

高麗川が声をかけてきた。足を止め、翻る。

「何か用か？」

「用っていうか、聞いておきたいことがあって」

「言った言わないの話になっても困る。文面で返答するから、メールしてくれ。じゃあそういうことで」

話を切り上げて身を反転、その場を去ろうとすると、

「ちょちょちょ、待ちなさーい！」

シャツを掴まれて動きが止められる。

振り返ると、キッと目尻の吊り上がった怒り顔。

「人の話は最後まで聞きなさいよ！」

「返答はしただろう。文面で送れ、と。それとも証拠が残るとまずい話か？」

「そういうんじゃないけど」

「なら文面で頼む。何度も言うが、言った言わないの話は不毛だと。じゃあこれで」

「い・い・か・ら、聞け」

高麗川がシャツを手放す気配はない。このままでは伸びてしまう。

「……聞くから話せ」

こうなれば、さっさと聞くのが最短だ。

一応は俺が聞く姿勢をとったので、高麗川は手を離して俺を解放する。

「どうしてテスト対策部なんて引き受けたの？」

「打算だ」

「よくもまあそんな理由を堂々と言えるわね……」

呆れるように言われた。利益のために動く、人間の基本だと思うが。

「理由なんて何でもいいだろう。やらない善よりやる偽善だ。それとも代わってくれるのか？

あの場にいたんだし、今から交代するのも問題ないと思うが」

「や、それは、ないんだけどさ」

高麗川は不貞腐れたように続ける。

「でもさ、そういうのの前にすること、あるでしょ」

「何のことだ？」

「真友のこと。教室での扱い、知らないとは言わせないんだから」

周りから避けられている件か。

「あれはあいつの自業自得だ。俺がどうこうすることじゃない」

保護者じゃないんだ。そんなことを言われても困る。

「真友、今の状況をどうでもいいって言うんだよ。クラスの人は肉人形だから問題ないって」

「本人が問題ないと言うんだから、問題なしでいいじゃないか」

言いつつ、先日の水連（すいれん）と同じようなことを言っているな、と思った。

「よくないでしょ」

眉を寄せて否定すると、気が立ったように高麗川が続ける。

「前に真友は『催眠術の効いてしまう人を肉人形としか思えない』って言った。でも『私とまた友達になりたい』とも言ってくれた」

「手短に頼む」

長くなりそうなので、結論を促す。時間は有限なのだ、さっさとしてほしい。

「つまりあの子も本当は、みんなと仲良くしたいんじゃないかって思うの」

「で？」

「催眠術が効く相手を肉人形じゃないと思わせるにはどうすればいいかって考えたんだけど」

「で？」

「人を操りたくない気持ちが強まれば、大事な存在に思えるようになるかなって」

「で？」

「それにはクラスの人が真友をちゃんと尊重して受け入れられたらいいなって」

「で？」

「だから、真友がクラスの人に受け入れられる環境を作りたいの」

「で？」

「真友は好意には好意で返す子なの。マッピーとは仲良くやれてるみたいだし」

「で？」

「お互いにリスペクトしあえれば、皆、真友と仲良くなれると思うから」

「で？」

「サジ君に何かいい考えとかないかなって思って」

「で？」

「……あたし、やっぱりあんた嫌い」

なら話しかけなければいいのに。

ドスケベ催眠術がらみの話ができる相手がいないからやむなくだろうが。

とはいえ、回答を後回しにするのも面倒だ。パパッと答えるとしよう。

「無理じゃないが、不可能に近いだろうな」

「何か考えでもあるの？」

期待を含んだ声。

「誰かに嫌われ役を押しつける。泣いた赤鬼ってあるだろ」

人間と仲良くなりたい赤鬼が友人の青鬼に悪役をしてもらい、それを懲らしめることで赤鬼が人間と仲良くなる。そして青鬼は消えた。

共通の敵を倒してくれるのなら異形でも笑顔で受け入れるという、人間の損得勘定を描いた有名な児童文学である。

「それをするなら、わかりやすい敵が要るわね。わかりやすい、敵……」

言いながら、高麗川が真剣な表情でじっと俺を見つめてくる。

もしかして高麗川さん、俺にその役を担わせようとしてらっしゃる?

「俺に青鬼役は無理だぞ」

「そうよね」

俺が外敵でも何でもないことは先日のことでクラスメイトには証明されている。そもそもドスケベ催眠術が効かないので、真友と敵対しても負けることはないし。

実際問題、真友がクラスメイトから受け入れられる環境を作るのは無理がある。

ドスケベ催眠術師の子とは状況が違う。

ドスケベ催眠術師は明確な脅威で、その恐ろしさを示してしまっている。

自らを脅かす存在に好意を向けられる環境を作るなんて、簡単にできるものじゃない。

それこそ、外敵でもいない限り。

「話は終わり。悪かったわね、引き留めて」

「まったくだ。無駄な時間を過ごした」

「くたばれ、このロジハラ男！　禿(は)げろ！」

今にもブチギレそうな形相で俺を睨(にら)んで言い残すと、高麗川(こまがわ)は踵(きびす)を返して駆けていった。

「……ちゃんと話は聞いたんだがな」

こちらとて、わざわざ時間をとったのにあの言い様とは。

やはり、お互いのためにも高麗川とは関わらないほうがいいな。

*

高麗川と別れた後、まずはテスト対策部で使用する部屋のカギを借りようと職員室を訪れた。しかし、つい先ほど例の成績不良者がテスト対策の資料と一緒に持っていったらしい。俺は追うように、テスト対策部の臨時部室へ足を向けた。

その部屋は四階の端にあり、職員室からはまあまあ歩く場所に位置している。

じめじめと嫌な空気の廊下を歩き、ようやく目的の部屋に近づいたところで、入口の扉の前に立つ女生徒を見つけた。きっと、件(くだん)の成績不良者だろう。

実のところ、四田(よんだ)からのメールには成績不良者の名前が書かれていなかったので、誰なのかは知らないんだよな。

「ふぬーっ！」

そいつは、視線よりも高く積まれたプリントの束を抱えて唸り声をあげていた。

黒山未代（くろやまみよ）だった。

先日、図書室で鉛筆を転がして勉強？していたあいつである。

……こいつかぁ。まだ何も教えていないのに、早くも前途多難を感じた。

というか、扉の前で何をしているんだ？

「ぬぐーっ！」

どうやら両手に大量のテスト対策資料を抱えたまま、部屋のカギを開けようとしているらしい。紙束を落とさないようにバランスを取りながら、手元が見えない状態で指先の感覚に頼り、どうにかカギを差し込もうと苦戦している。

プリントを床に置いてから開けるという発想はないらしい。

「大丈夫か？」

「あ、佐治（さじ）君。この度はお引き受けいただいうわぁっ⁉」

バサバサバサ、と。急にこちらを向き、さらにはお辞儀までしようとしたからだろう。抱えていたプリントが音を立てて崩れ落ち、無残にも廊下に散らばった。

「えっと……」

黒山は一瞬、周囲に散らばったプリントを見渡してから、俺にニコリとペコリとしっかりお辞儀。

「有村君から、連絡は受けてます。この度は急な話にもかかわらず指導役を引き受けていただき、本当にありがとうございます」

　プリントを拾うことや部屋に入ることより、挨拶を優先したらしい。礼儀正しいのやら、そうでないのやら。というか、黒山側は俺が来ることを知っていたのか。情報格差よ。

「あぁ、よろしく頼む。とりあえず拾おうか」

「あはは……、いきなりごめんなさい」

　申し訳なく笑う黒山と一緒に、散乱したプリントを集め始める。

　数式、古文、化学式、英文、その他もろもろ。……なんだか、やたらいろんな科目のプリントが混在しているように見える。

　ただ手を動かすだけなのももったいないので、ついでに現状確認をしておこう。

「黒山は、特に何の科目が苦手なんだ？」

　黒山はやや気まずそうに視線を逸らしてから、

「特に苦手な科目はありません」

　それは嘘だろうと思いつつ、

「なら、なんで成績不良者に？」

「……全部が崖っぷちだからです」

　ずーんと、死んだ目で言われた。特に苦手な科目はないって、全部が苦手ってことかよ。

「成績不良者になった時点で、崖っぷちというか、もう崖から落ちた後だと思うんだが」

「大丈夫です、まだ留年は決まっていませんから」

何も大丈夫じゃないんだよなぁ。

＊

散らばったプリントを回収した後、黒山とテスト対策部部室へ。

部屋の面積は教室の半分程度。壁際にはホワイトボードと空の本棚、中央には二人のカバンが置かれたテーブルが置かれ、それを挟むようにパイプ椅子が置かれている。部屋の広さの割に物が少ないので、どこか殺風景な印象を覚えた。

テーブルを挟んで座ると、まずは挨拶。

「改めまして、テスト対策部制度に助けを求めた、二年三組の黒山未代です。この度はお引き受けいただきましてありがとうございます。それとしばらくの間、よろしくお願いします」

「面倒を見ることになった二年一組の佐治沙慈だ。まあ、頑張ろう。よろしく頼む」

どうもどうもと互いに頭を下げ合う。このかしこまった感じ、嫌いじゃない。

「テスト対策部の説明を受けたとき、担当してくれる人が出てこないかもしれないと言われたので不安でしたが、本当に助かりました。佐治君には、何かお礼しないといけませんね」

「気にするな。利害は一致している、ウィンウィンだ」

「ウィンウィン……？」

「両方に得がある、ということだ」

「……難しい言葉、知っているんですね」

感心したように言われた。難しいことを言ったつもりは全くないのだが。なんか、心配になってきたな。

「それよりも、さっきの『崖っぷち』について具体的に聞きたいんだが」

「といいますと？」

「例えば、中間テストの結果はどうだったんだ？」

「恥ずかしい話ですが、全科目で赤点でした」

本当に恥ずかしいな。

「あ、でも期末テストは科目数が増えるので、多分大丈夫な科目もありまして」

その分、覚えることも多いと思うんだが。

「……よく進級できたな。去年は成績不良者じゃなかったのか？」

「所属していた剣道部でそれなりに活躍していましたので、顧問の先生の力でどうにか。発言力の強い方でしたので」

「それがどうして今年から成績不良者に？」

「ケガで代表から落ちてしまい、顧問の先生でもかばいきれなくなりまして」

ケガと一緒にバカも直してこい、ということか。

「私、部活がしたくてこの高校に入学したんです。なので、どうにか成績不良者をやめたいのですが、それには全科目で平均点を取るぐらいまで学力を上げる必要がありまして」

とりあえず、おおよその状況は把握した。

「成績不良者取り消しは厳しいかもしれないが、今回の赤点回避ぐらいはなんとかなるだろ」

「夏合宿には出たいので、平均点までどうにかなりませんか？」

「そこは、黒山の努力次第だな」

「心強いです、成績上位者の助け……」

キラキラと尊敬の眼差しが向けられる。

「テストまでは二週間以上あるし、先生らの対策プリントもあるしな」

言いながら、テーブルに積まれた対策プリントの山にざっと目を通す。

事前に聞いていた通り、丁寧に基礎を固めて、着実に赤点を避けるような内容だ。黒山の希望する平均点に届くかどうかは本人のやる気次第、といったところか。

「まずは全体的にダメな部分を確認したい。大変だが、今日は全科目の小テストをしてみよう」

「わかりました、佐治君先生」

「敬称を重ねるな。同級生だ、先生はいらん」

というわけで、早速テストタイム。

適当な小テストを見繕い、黒山に取りかかってもらう。

その間、俺は有村にメールを作成する。教える科目数が多すぎる、応援求む、と。昼の様子だと補充は厳しそうだが、言うだけタダだ。

さて、時間を無駄にするのももったいないので、俺も赤シートで暗記モノでもしようか。

そう思い、カバンから単語帳を取り出そうとしたときだ。

コロコロ、と。何かが転がるような、乾いた音が聞こえてきた。

「豊臣秀吉の刀狩、２６４５年、と」

「待て」

「もう制限時間ですか？　まだ終わっていませんが……」

「違う。鉛筆を転がすな。バカなのか？」

「はい、成績不良者ですので」

まさかの無抵抗。

「ダメな部分を確認したいのに、運に頼ったら意味がないだろう。せめて歴史の年号に未来を書くな」

「すいません、いつもの癖で。私、頭より運のほうがいいので」

自分の頭に対する信用のなさよ。

「とりあえず、鉛筆は転がさないで考えて解け。わからなければわからないで飛ばしていい。無知をごまかす必要はない」

「わかりました」

頷（うなず）くと、黒山はテストに戻った。

……コロコロ。

じろりと視線を送ると、黒山は慌てたように首を振る。

「い、今のはちょっと落としただけですから」

しばらくして。

「そこまで。ペンを置いてくれ」

「もうですか……？」

最後の科目のテスト終了の合図をかけると、不安そうな声が返ってくる。

「安心しろ。時間をかけてもダメな結果は変わらない」

「あはは……。時間をかけてできるなら成績不良者になってないですよね」

自身の学力については理解している様子。まあ、自覚があるならテスト対策部をお願いなんてしないわな。

「採点するから、英語の例文でも覚えながら待っていてくれ」

「……わかりました」

やや疲れたような声。なんだかんだ、全科目分解かせたからな。一度、頭を休ませるか。

「採点が終わるまでは休憩でいい」

「ありがとうございます！」

ホッとしたような笑みの黒山が教室を出て行くのを見送ると、俺は模範解答と解説を見ながら採点を始めた。

俺は教育の専門家というわけではないが、〇×をつけながら改めて思う。

こいつ、しっかりバカだ。

苦手科目から手をつけさせようと思ったが、今のところ何からさせるべきかわからないくらい、ダメな科目が多い。基礎の基礎の部分、中には一年生で学ぶべき部分で躓いているものもある。現状、全科目で赤点を取る勢いだ。

……？

そんなやや諦め気分の中、とある科目の採点に入った途端にシャッシャと小気味のいい音を立てて、〇が量産されていく。どうやら、黒山にも一つぐらいは得意科目があるらしい。

「戻りました」

最後の問題まで〇をつけたところで、黒山がカフェオレの缶を両手に戻ってきた。

「今日のお礼です」

差し出される片方のカフェオレ。

俺はふんと鼻を鳴らすと、

「不要だ。そういう見返りのために引き受けたわけじゃない」

「そうですか。……出過ぎたことをしました」

シュンとして、黒山は片方をカバンにしまう。

「何かお返しをするつもりがあるなら、テストの結果で示せ」

それに、と俺は続ける。

「それがお礼なら、俺の働きが百円程度のものということにも捉えられかねない」

「……言われてみれば、その通りです」

「余計な気遣いは不要だ。いちいち形のあるもので返すんじゃキリもないしな」

「なるほど、勉強以外のところでも勉強になります」

なぜか笑顔を浮かべる黒山。……やりにくいな。

「それよりも、全部の採点が終わったぞ」

「ど、どうでしたか?」

先ほどまで座っていた席に座り直し、おずおずと聞いてくる。

「おおむね予想通りだな」

言いながら、全科目の小テストの点数を表にまとめていく。

この調子だと、赤点のハーレムルートへまっしぐら。夏休みは補習と再試験三昧だ。

「うぅ……、やっぱりどれも厳しいですね。やっぱり運に頼るしか」

「俺としては一つだけでも大丈夫そうで安心したが」

最後の科目の点数を書き入れる。

保健体育。なんと満点である。

「これだけは、俺が教えることは何もない」

「……あ、あはは、別に得意科目じゃないんですよ？　担当が部活の顧問の先生だったからというだけで、まぐれですから」

黒山（くろやま）は視線を逸らしつつ、照れ笑いで恥ずかしそうなのをごまかす。

いや。

保健体育だけが得意なことじゃなくて、他科目の成績の酷（ひど）さを恥じてくれ。

*

朝は真友（まとも）のドスケベ催眠術の練習に付き添う。

昼は眠るか、放課後に教える範囲のおさらい。

放課後は黒山に勉強を教えつつ、自習をする。

そんなルーティンで日々を過ごしてしばらく。

土日を挟んだ週明け。ちょうどテストの二週間前となった月曜日。

事件は起きた。


朝のドスケベ催眠練習後、一人で教室へ向かっている途中だった。

「エレガント、そして輝くシャイニング……！」

階下から男の舌を巻いたような声。

何事かと思いつつ階段を下りると、男女の入り交じった人だかりができていた。

時期的なもののせいか、人の放つ特有の熱気か、むわりとした温い空気が漂ってくる。

教室がその向こうなので、仕方なく人をかき分けて進んでいくと、そこには、

「今なら四田(よんだ)触り放題……、フリー四田だよ……、オウイエス……」

知ってる変態がいた。

いや、四田四季丸(しきまる)が変態的な装いをしてポーズをとって、いろんな人に体を触られていた。

珍しくサングラスを外し、中性的な美貌が晒(さら)されている。

格好はなぜかパンツ一丁（紐パン）。近くには脱ぎ捨てられたと思(おぼ)しき制服。

色白の肌とピンクの乳首が陽光に照らされ、ある種彫像のような神々しさを放っている。

近くには『今なら触り放題』と書かれたスケッチブックが置かれ、まるで見世物のようだ。

なんだこれ、裸族のコスプレか？

「フリー四田、だょ……」

俺の心を読み取ったかのように、先ほども言っていたことを繰り返す四田。どうやらフリーハグの四田版らしい。

もちろんその説明で「そうかなるほど」とはならないが。

俺を含めて大半は困惑を浮かべ、遠巻きから眺めるだけで近寄ろうともしない。

だが、何人かは面白がっているのか、四田の体をぺたぺたと触っている。そして触られるたび、四田は顔に恍惚を浮かべた。

「四田フェイスを触ればビューティに、四田パイを触ればビッグボインに、四田の四田にタッチをすればグレートマグナムに、とってもありがたい賓頭盧四田像、顕現中……」

言いつつ、四田がさらに多くの人に、自らの体に触れるよう促してくる。

賓頭盧といえば、触った部分が良くなるという寺とかにある仏の一種だ。どうやらそれに扮しているらしい。釈迦もキレるぞ。

正直、関わりたくないが――。

「あれって一組の……？」「だよね」「この前の……」「片桐さんの」「ドスケベ催眠術だよね？」

周囲の、不穏な声が聞こえてくる。

真面目な生徒会副会長、生徒会長のブレーキ役の四田がこんなことをするわけがない。いや、四田でなくともこんなことを平気でする人間はいない。これが正気なら病気だ。ほぼ間違いなく、ドスケベ催眠術にかかっている。

当たり前かもしれないが、普通の人間は公衆の面前で賓頭盧プレイなんてしないのだ。

そして誰がドスケベ催眠術を使ったかとなれば、真友(まとも)が疑われてしまう。

真友以外に使い手が存在しないから。

しかし、それはない。

契約上、ドスケベ催眠術の使用には俺と真友両者の同意が必要で、俺は許可をしていない。

そもそも俺が立ち会っていない上、真友はドスケベ催眠術を使えない……はず。

なんにしてもこの賓頭盧四田像を放置すれば、ドスケベ催眠術師が悪さをしたとなり、やがては俺に被害が及ぶことも想定できる。嫌だぞ、監督不行き届きなんて扱いをされるのは。

親がドスケベ催眠術師なのは認めたが、降りかかる火の粉を受け入れるのは別の話だ。

つまりこの四田をどうにかする必要がある。

今こそドスケベ催眠術の出番だ。

「四田ァ、どうしたぁ!!!!」

怫然(ふつぜん)とした生徒会長、有村(ありむら)が廊下の教室側から現れた。

ただでさえ威圧的な顔が鬼の形相を浮かべているからか、誰もが恐れ戦(おのの)いてそそくさ道を空ける。

四田を触っていた生徒たちも途端に離れて壁際へ。

「気持ち悪い真似してんじゃねェ!!!」

「四ダッシュ……!」

四田は有村に背を向け、階段側の人だかりに突っ込んでいく。

「止まれ、この変態野郎!!!」

「変態は、止まれないから、センシティブ……!」

謎の川柳で反論しながら、人間離れした動きで隙間をぬるぬると通り抜ける四田。

まずい、逃げられる。

真友に連絡すべく、スマホを取り出して通話アプリで発信するが、マナーモードにされているいのか、応答がない。

「誰かあの変態を止めろ!!!」

有村が人込みをかき分けて追うも、四田ほどのスピードは出ない。

「ふふふ、服を着ているから遅いのさ……、ギアチェンジ!」

言いながら、四田が紐パンを取り外して群衆に投げた。

きゃあぁ。うわぁぁ。変態だぁ。廊下に阿鼻叫喚が響き、混乱した人々に有村が阻まれる。

やがて四田が人込みを抜けて階段付近に。全裸の変態が別の階に放たれようとしていた。

そんなとき、偶然にも階下から細身の女子が上がってきて、それと対峙。

四田は揚々と声をかける。事案発生だ。

「そこのクリミアの天使バスト、ナイチチガール……、四田の乳首を触ればバストアップ間違いなし……」

「変態を止めろ！」

俺の声が廊下に響いた。

佐治沙慈がここにいると認識することで条件が満たされる。

細身の女子——五円玉のような髪飾りをつけた少女の放つ圧倒的な威圧感に、空気が飲み込まれた。

「……!?」

固まる四田。伝播するように他の生徒たちも動きを止める。

そこにいるのが常軌を逸脱した怪人と理解するも、もう遅い。

響き渡る、キン、と涼やかな金属音。

「ドスケベ催眠四十八手——深々失神」

直後、ナイチチガールこと片桐真友は手刀を繰り出した。

「ドスケベ催眠斬り！」

四田が上半身を反らして回避行動をとるも、指先が乳首にチッとかする。

「おふす……」

気の抜けるような声。

そして糸の切れた人形のように、四田四季丸はその場にうつ伏せに崩れ落ちた。

深々失神。対象の意識を一時的に刈り取るドスケベ催眠術だ。今回は俺の指示に合わせて四田のみを対象としたため、触れた相手のみ効果が出るようにチューニングされている。

「ナイチチガールじゃないし」

真友は不機嫌そうに、その場にしゃがんで四田の横乳をツンツンとつついた。

賓頭盧の効果信じてるじゃねえか。

「今のが、ドスケベ催眠術……?」「一組の話ガチだったんだ」「あのポスターのやつだよね?」「ホントに肉人形扱いだ」「異能バトル展開だ」「プロの凌辱魔」「性癖を継ぐもの」「薄い本になっちゃう!」「まずいですよ」「ヤバいこっち見てる!?」

廊下にいた生徒らが逃げるようにじりじりと真友から距離を取っていく。

さて。

どうにかしてドスケベ催眠術にかかっていると思しき四田の暴走を止めることはできたが、新たな火種が生まれてしまった。ここからどうしたものか。

……いや。

ドスケベ催眠術関連のトラブルが起きたら協力して対処。そういう契約だ。

騒々しい人々の合間を抜け、嫌なざわめきはいったんはスルーして、真友のそばへ。

まずはカバンの中の体育着を取り出し、四田の股間回りを隠してやる。情けだ。

「助かった」

「ん。それよりこの人は？　全裸だけど……、サジの友達？」

「全裸を理由に友達扱いするな」

そもそも俺を全裸系の人間にするな。

「多分、ドスケベ催眠術にやられてる」

「うん。私のことを天使バストとかナイチチガールとか、妙なこと言ってた」

「……」

「なぜ黙る？」

「そういった些細な問題はさておくとして」

「私の胸は些細じゃない」

俺、胸の話してないんだよなぁ。

「ともかく、この状況をどうにかしたい」

視線を、先ほど抜けてきた人込みに向ける。

「やっぱり片桐さんが……」「サジ君って関係ないんじゃなかったっけ？」「ドスケベ催眠ジュニアじゃなかった？」「二代目と息子でしょ？」

ざわめきの中から聞こえてくる、恐怖や困惑の声。

ドスケベ催眠術師という存在に向けられる、侮蔑の視線。

俺への疑念も多少聞こえてくる。

平穏な日常はどこへやら。返して俺の天下泰平。

こうなれば、仕方がない。

「ドスケベ催眠術で今の出来事をなかったことにできるか？」

「余裕」

味方にいると頼もしすぎる、ドスケベ催眠術師。

「やってくれ」

「ん、この数分をなかったことにする」

ドヤ顔で親指を立てる真友。

直後、真友が髪飾りをキンと弾――

「助かったぜェ!!!」

――こうとしたが、耳鳴りがするほどの大声に遮られる。

それはこちらに向いていた視線も、恐怖も、疑念も、困惑も、全てを吹き飛ばすほど。

やがて声の主、有村が人込みをかき分けてこちらに近づいてきて、

「片桐よォ!!!!　四田の暴走を止めてくれて、サンキューな!!!!　すげーなドスケベ催眠術って、感動した!!!!!!!!!!!!」

空気を無視した感謝の言葉で蔓延していた嫌な雰囲気がかき消える。

「さあお前ら!!!!　もうすぐチャイムなるぞ、教室に行った行った!!!!」

手をパンパンと叩き、有村が強引にその場を収束させた。

しかし納得がいかないのか、一人の女子が意見を述べる。

「有村君、今の片桐さんの仕業に違いないって。だってこの前一組で似たようなことがあって」

「疑わしきは罰せず、日本の司法のルールだろうがァ!!!!　この件、オレが預かったァ!!!!」

生徒会長が預かると言った以上、それ以上何かを言う者はおらず。

「四田君、脱いだらすごいんだね」「ねー。ていうか、四田君ってかっこいいんだね、頭はあれだけど」「私も触っておけばよかったー」「ヨン様って呼ぼ」「いいね、それ」

散るように、人だかりは各クラスの教室の中へ引っ込んでいった。

あっという間に人気はなくなり、残される俺と真友と有村、そして意識なくその場に倒れる四田@全裸。

「んじゃ、次はこいつだな」

珍しく普通の音量でぼやくと、有村はしゃがみ込んで四田の頬をペチペチと叩く。

「起きろ四田ァ。生きてっかァ?」

しかし、反応はない。

「普通の方法じゃ起きない」

言いつつ、真友がすこっと気の抜けるような指パッチン。

直後、エビのように体をビクビクさせて四田が目を覚ました。

「ん、んぅ……、アウェイクン、四田を求める声がする……？」

体を起こし、頭に手を当てる四田。

「起きたかァ？」

「オゥ、四田は一体……？」

すぐに自分が裸だと気がついたのか、

「しまった、日焼け止めを塗り忘れていた……」

最初に気にすることかよ。

「お前、自分が何やったか覚えてっか？」

「……あぁ、神になっていた」

賓頭盧（びんずる）になる気配はないが、元に戻ってもなくないか？

「んじゃあいろいろ聞きてェところだが……まずは服だな」

有村は少し考えると、

「サジ、それと片桐よォ。昼休みにでもちょい話そうぜ」

俺と真友（まとも）は了承し、四田（よんだ）のことは有村（ありむら）に任せることに。

ところでこれは余談だが。

逃走中に投げ捨てられた四田のパンツは、その場にはなかったらしい。

*

スマホを見ると、昼食後に多目的室へ来るように指示が来ていた。

宛名は俺と真友。接点のなさそうな有村が真友の連絡先を知っているのは、生徒会だからだろう。彼らは情報発信のため、全生徒のメール連絡先を把握しているのだ。

そんな連絡のすぐ後、真友から早めに多目的室へ来るように連絡が入った。

どうやら四田の件で話しておきたいことがあるらしい。これには俺も同意見だ。

というわけで昼休み、例のごとくサクッと食事を終えて多目的室へ。

誰もいなかったのでしばらく待機していると、真友がやってきた。

「お待たせ」

「あぁ、三分ほど待った」

「そこは『今来たところ』と答えるところ」

三分待ったのは事実なのだが。

「それより、わざわざ早めに呼び出したんだ。有村たちが来る前に本題に入れ」

真友は適当な席に腰かけると、コホンと咳払いをしてから、

「単刀直入に。この辻ドスケベ催眠事件の犯人捜しを手伝ってほしい」

辻ドスケベ催眠事件というネーミングはちょっとアレだが。

「わかった。手伝おう」

「私はあれをやっていな……。毎度のことながら、返事早すぎでは？」

「そう言ってくると思っていたからな」

「話が早すぎてキモイ……」

「無駄がないと言え」

正直、あまり関わりたくはない。

しかし降りかかる火の粉は振り払う必要があるし、そういう契約だ。

俺が断る理由はない。

「一応、誤解がないようにちゃんと理由を話しておく」

情報の共有、大事だ。

「私は四田に、あんなドスケベ催眠術をかけていない」

「だろうな」

「さすがサジ、私のドスケベ催眠術のクオリティをよく分かっている。ドスケベ催眠ソムリエ」

「契約があるからだ」

俺がドスケベ催眠術に精通しているみたいな言い方やめてくんねえかな。

「でも、周りは私がやったって思いこんでいる。これはびしょ濡れ衣」

あの場は有村（ありむら）が声圧の勢いで吹き飛ばしたが、誰もが犯人は真友（まとも）だと思っているだろう。止めたのも真友なのに。

かく言う俺も、契約を結んでいる当事者でなかったらそう思い込んでいただろうが。

「私のドスケベ催眠術はもっとすごいのに、不愉快極まりない。雑魚に格の違いをわからせてやる必要がある」

どうやらしょぼいと思われることが嫌な理由らしい。どこがどうしょぼいのかは知らないが。

「それにこの前あれだけのことをしたんだから、犯人は私がいるとわかっているはず。それを承知で私に罪を着せるような真似をするなんて、これは喧嘩（けんか）を売っている」

目的はさておき、タイミングからして犯人はこの前のドスケベ催眠テロの影響を受けて、今回のことを起こしたと考えていいだろう。偶然とは考えにくい。

「この一件で終わるとは思えないし」

真友の言葉を否定できなかった。目的次第では、第二第三の被害者が生まれる可能性もある。

それをわかりやすく言うのなら、

「二人目のドスケベ催眠術師には、退場してもらう」

真友が真剣に言う。その目には、決意の炎が浮かんでいた。

……いやいや。

「ドスケベ催眠術師って、そんなにいるものなのか？」

ポンポン現れるものじゃないだろ。雨の後のタケノコかよ。

「そう名乗っているのは私と師匠ぐらい」

「そう名乗っていないのだと？」

「例えば海外ではマジックの一環でドスケベ催眠術が使われるし、国によっては政治で使われたりする。同じ技術でも、催眠マジックとか洗脳とか、名称はそれぞれ違う。それでも、できる人はほとんどいないけど」

知られていないだけでドスケベ催眠術はいろんなところで使われているらしいが、とにかく珍しい存在には違いない、と。……まあこの際、名称は何でもいい。

「動機はどうあれ、ドスケベ催眠術関連のトラブルが起きたんだ。契約の通り、対処するさ」

とはいえ、以前と違ってこれに全時間を割くわけにもいかない。

「さすがにテスト前だからな。水連の問題もある、可能なら放課後はパスにしてくれ。テスト対策部のほうもある」

「約束はしかねるけど、努力はする。でも、ドスケベ催眠術が必要な時は容赦なく呼ぶ」

この辺が妥協点だろう。


こうして俺たちは、辻ドスケべ催眠事件の犯人探しをすることになった。

テスト前の忙しい時期に、しかもテスト対策部を引き受けた矢先にこんな事件が起こるとは。

まったく、早く犯人を見つけないとだ。

格の違いはさておき、いろいろとわからせてやりたい気分だった。

4章　片桐真友の探偵ファイル

ここ数日、いろいろあったので、整理をしよう。

仮に、対処すべきことを事案ＡＢＣと呼称する。

まずは事案Ａ、水連の件。

昔ご近所さんだった幼馴染のお姉さん、甕川水連がスクールカウンセラーとして訪れて再会。

彼女は平助によって『ずっと沙慈を好きになる』という催眠術がかけられており、いまだにそれが彼女の人生を縛っている。

ドスケベ催眠メモリアルによると、解決には俺の成長を示す必要がある。

続いて事案Ｂ、黒山の件。

これは事案Ａの解決条件、俺の成長を示すために引っ張ってきた案件だ。

黒山未代は保健体育以外の全科目で赤点の危機に瀕している、成績不良者。

俺はテスト対策部の制度に則り、こいつを試験突破させる必要がある。

教員から託された資料を用いればそれほど大変ではない、……と思いたい。

そして事案Ｃ、仮に真友の件としよう。

辻ドスケベ催眠事件が発生し、生徒会副会長、四田四季丸がはっちゃけて賓頭盧になった。

犯人の正体も目的も不明。

おそろしいことに、新たな被害が生まれる可能性がある。

またそれらの濡れ衣を、真友が着せられる状況が整ってしまっている。

被害の広がり次第では、俺に火の粉が降りかかるかもしれないし、契約からしてこういったトラブルには一緒に対処することになっている。

一刻も早く、犯人を見つけ出す必要がある。


他にも真友が一人でドスケベ催眠術を使えないことや真友が教室で浮いていることなどの問題はあるが、それらはいったん後回し。目の前の事案への対処が優先だ。

優先順位として、まずはCの対処。状況が悪化する可能性がある以上、放置はできない。

続けてB。一度失敗したら黒山が留年するかもしれない状況なので失敗ができない。進捗具合によっては、テスト直前はCよりも優先度を上げる必要があるかもしれない。

Aについては、Bの結果をもってどのような反応があるか、といったところか。

朝から放課後まではC、放課後以降は基本的にはBに対処。というのがこれからしばらくの俺のスケジュールとなりそうだ。……多忙だ。

*

十分ほどして、多目的室に有村（ありむら）と四田（よんだ）が現れた。なお四田は着衣しているが、シャツのボタンがほとんど外されており、胸元どころかヘソ丸出し状態。今朝のように変人然としていた。

「わりィ、待たせたな」

「ふふふ、お待たせ……、四田カミング」

「待ち合わせるなら時間ぐらい知らせてくれ」

「飯（メシ）にかかる時間なんて、似たようなもんだろ」

有村は適当な空席にドカッと腰かけると、真友とは初対面だからか、自己紹介を始めた。

「有村六法（ろっぽう）だ。生徒会長をしている」

「初めまして、四田四季丸（しきまる）だよ……。生徒会の副会長で、見ての通り勉強が得意で、特技はイケメンさ……」

「見ての通りのイケメンで特技は勉強じゃないのか?」

俺がツッコむと四田は、

「フランシスコ・イエテル……」

「そこはザビエルだろ」

「おっと、これは伊東スマンショ……」

「それは伊東マンショだろ」

「サジ、もう相手すんな。キリがねェぞ」

有村が疲れたように遮った。なんとなく、午前中の苦労がうかがえる。

四田が止まったのを見て、今度は真友から、

「片桐真友、ドスケベ催眠術師をしている。いぇい」

「よろしこ始皇帝……」と四田。

「あぁ、よろしくな、片桐。……ドスケベ催眠術師かぁ」

有村はダブルピースする真友に「こいつも今の四田ぐらい面倒くさそうだなぁ」とでも言いたげな目を向けた後、咳払いをしてから続けた。

「まずは今朝の件だがな、助かった。正直何が起きたか全くわからねェが、とりあえず事態を収束させてくれたみてェだな。礼を言う」

「ありがてふ……、心の底から、ありがてふ……」

……これは、聞いておいたほうがよさそうだな。

「真友、四田の催眠術はもう解けてるんだよな?」

「そのはず」

「なら、なんで元の真面目な感じじゃないんだ?」

こんなんでドスケベ催眠術にかかっていないことあるか？

「それについては、四田がセツメイションするよ……」

四田が口を挟み、続ける。

「これまでの四田は、蛹（ピューパ）だった……。しかし、四田は変態したのさ、蝶（バタフライ）に……」

何を言っているのかまったくわからない。

そんな俺の様子を見てか、四田は続ける。

「気づいたのさ。堅苦しくいるよりも、心の向くままに生きたほうがKAIKANだと……」

「多分、催眠術で普段できないことをやったら、新しい自分に目覚めたんだと思う。これが上質な変態（ドスケベニュータイプ）」

上質な変態。ドスケベ催眠術により、性癖が解放された人のことだ。

これまで真友にドスケベ催眠術をかけられた人は心持ちが変化しただけで性格や話し方はそのままだったから、この変化には驚きだ。

「変態して変態になった、ということか」

「イエス。困惑、混乱、渾沌（こんとん）を乗り越え、これからは新しい四田を――、シン・四田を受け入れプリーズ……」

「あー、まあ、そういうことらしい」

有村が諦めたように視線を逃がした。

「ともあれ（トゥマーレ）、まずは助けてくれたオレイションをするよ……」

変態モードの四田は、制服の胸ポケットからやや反りのあるカードを差し出してきた。

なんだろうか。受け取って確認すると。

「ふふふ、四田TCGのサイン入りURさ……」

いらねぇ。

「ありがとう」

真友はおぉーと嬉しそうにそれを受け取る。

一般的な女子らしく、イケメンの写真が手に入って嬉しいのだろうか。

「オークションで高く売れそう」

「ただの一般人の写真なんて売れるか？」

「上質な変態は有名になりやすい。将来が楽しみ」

悪い意味で有名にならなければいいが。

「ま、ちゃんとした礼については何か考えとくからよォ、期待しねェで待っててくれや」

「そうさせてもらう。……それで、本題は？　まさか礼を言うためだけに呼び出した訳でもないだろ？」

「相変わらずせっかちだなァ」

「無駄話が苦手なだけだ」

「んじゃ早速だが今朝のあれについて聞かせてほしいんだがよォ」

もっともな疑問だろう。

「数週前、そこの……、片桐がドスケベ催眠術とやらでいろいろやらかしたってのは聞いてる。今、一年の中で一番ホットな話題だ。知らねえヤツはいねェ。で、今回四田がとった謎の行動」

「賓頭盧プレイ……」

「についても、一組の生徒はみんな揃って言いやがる。片桐のドスケベ催眠術に違ェねェってな。実際のところ、今朝のあれは何だったんだ？」

有村は真友に尋ねるが、今回真友は廊下を歩いていたらいきなり四田（全裸の姿）が目の前に現れて、俺の指示があったから眠らせただけだ。これでは説明のしようがないだろう。

「俺から話そう。……まあ、こちらも全貌はわかっていないんだが」

いろいろと円滑に進めるべく、俺は自分の知る事情と今回の件の大まかな流れを共有した。

真友と事件の捜査を計画していることを除いて。

「片桐の起こしたドスケベ催眠テロを受けて、別の誰かが今回の辻ドスケベ催眠事件を起こした。んで、新たな被害が出るかもしれねェ、と」

話をまとめると、有村は頭をガシガシとかいてから辟易とため息。

「ったく、めんどくせェことになってんな」

「無理に首を突っ込まないほうがいい。関わらないのが賢明だ」

「そうはいかねェんだな、これが。あの場で預かったって啖呵を切っちまったし、……今回の件、調査と対処と再発防止の報告することになってんだよ。ったく、生徒にさせることかよ」

現状、辻ドスケベ催眠事件のしわ寄せは有村にきているらしい。……予想通りだ。

「俺と真友で請け負おうか?」

元々やる気だったことだが、このタイミングで言えば恩を売る行為になる。先ほど黙っていたのはこのためだ。

ありがたい申し出のはずだが、有村はどうしたものかと腕を組む。

「サジにはテスト対策部させてっからなァ……、一人に負担を強いると俺の良心がキレる」

良心のくせにキレるのかよ。

「いや、メインは真友にしてもらう」

「元々やる気ま――」

「餅は餅屋、ドスケベ催眠はドスケベ催眠屋。無能をかき集めるよりも対処できる力を持った人間を使うのが能率的だと思うが」

真友を遮り、俺は有村の返答を催促。

最初からやる気だったなんて言ったら、助けている感が出ない。どうせやるのなら最大限のリターンを求めるに限る。……自分で言ったことだが、ドスケベ催眠屋ってなんだ?

やがて考えがまとまったのか、

「専門家に任せるのが一番ってのは道理だわな。わかった、やってくれんなら頼みてェ。この件は預かったとか大見得切ったけどよ、どう考えてもただの生徒会長の手に余ンだろ」

自虐するような笑みで、有村が肩をすくめた。

「だがよォ、一つだけ条件を出させてもらうぜ？」

「なんだ？」

「片桐はドスケベ催眠術とやらで、他人の記憶を消せたりすんだろ？」

狂乱全裸祭が隠蔽されていたからか、どんなドスケベ催眠術が使えるかも筒抜けらしい。

真友も隠すつもりはないからか、というか誇るように、

「できる。余裕」

「なら今回は、何があっても人の記憶を消すな。なかったことにするな。それが条件だ」

意外な要求だった。

真友も同様に感じたらしい。首を傾げ、驚いたように尋ねる。

「どうして？」

「ったりめーだろォ。犯人には罪の意識を持ってもらう。そん時に罪自体が存在しねェってんじゃ締まらねェからな」

なかったことにするのではなく、しっかりと裁く。相変わらずの好漢だ。

平穏を求める事なかれ主義の俺とは逆の考えだった。

「一時的に片桐が濡れ衣を着ることになっちまうが、それができねェなら頼まねェ。どうだ？」

「構わない。私も、びしょ濡れ衣を着せられっぱなしなのはいい気がしない」

「決まりだな。んじゃ、任せた」

「ん、クエスト受注」

こうして俺と真友は教師から指示を受けた生徒会からの頼み、即ち下請けの下請けというか後ろ盾を得て、辻ドスケベ催眠事件の調査ができるようになるのだった。

「ま、今回の件で必要なことがあったら何でも言ってくれや。できることならすっからよォ。あとはまあ、いろいろひっくるめて、今度礼させてもらうわ」

「ふふふ、四田と一日デート、するかい……？」

「いらん」

ここまで変わるなんて、改めて、ドスケベ催眠術は恐ろしい。

あるいは人間というものは、実はきっかけ一つで大きく変わるものなのかもしれない。

「まずは四田の話を聞きたい」

辻ドスケベ催眠事件捜査担当となった真友は、早速生徒会二人に聴取を申し出る。

有村は四田を横目に見て、

「いいよな、四田ァ？」

「何でも聞いてくれたまへ、サズィサズィにキャタギリマトゥン……」

誰だよ。サズィサズィとキャタギリマトゥン。

そんな四田を前に真友が訝る声で聞いてくる。

「サジ、この人変。通訳必要かも」

「一応、日本語だと思うが」

「ふふふ、四田は在日の日系日本人でね……」

「なるほど、不得意なのも納得」

「純国産じゃねえか」

「そもそもてめェ、先週まで流暢な日本語使ってたじゃねェかよ」

ともかく、話が通じないわけではないことが確認できたので真友は話を再開する。

「四田は、ドスケベ催眠術をかけられた記憶はある？」

真友が尋ねると、四田はファサァと髪をかき上げ、フローラルな香りをまき散らしながら、

「ナッスィング……」とイケイケな決めポーズ。

「どうしてビンズろうと？」

「ちょっとボランティア精神に目覚めて……」

誰のためのボランティアだ。

「朝、家を出た時点ではビンズリスタイルじゃなかったはずだけど、何が引き金となって、ビンズろうと思ったの？」

「わからない……。ただ廊下を歩いていたら、衝動的にビンズりたくなって……」

ナチュラルに話が進むが、何だビンズるって。とりあえず仏に謝れ。

「今もまだ、ビンズりたい衝動はある?」

「ノン・ビンズリー……」

どこぞの魔法使いみたいに言うな。

ともあれ精神的なものを除けば、後遺症のようなものはないらしい。まあ、その精神的なものがえげつないのだが。

「有村（ありむら）、四田（よんだ）が目を覚ましてどこかに連れて行った後はビンズってた?」

「普通だったな。まあ元を思えばだいぶ変わっちまったがよ」

「ふふふ、スペシャルになった男、それが四田……」

変人と言われているだけだと思うが。

と、ここで真友（まとも）が小声で聞いてくる。

「サジ、ちょっと相談。今の話が本当か確認するために、二人にドスケベ催眠術をかけたい。嘘を言えなくする効果のもの。私の指パッチンで解ける」

今の話が本当か、確認するつもりなのだろう。

頷（うなず）いて許可をすると、真友が髪飾りをキンと鳴らす。

「ドスケベ催眠四十八手——真摯紳士（しんししんし）」

音を媒介にして、二人にまとめてドスケベ催眠術をかけたらしい。その証拠に、俺は軽い耳鳴りに襲われる。ドスケベ催眠術を避けるための拒否反応だ。

嘘を禁止する技を使ってから、真友は再度尋ねる。

「改めて二人に聞く。先ほどの内容に、嘘偽りはない？」

「ナッスィング、全部話して、フリーダム……、略してフリーダム四田ム……」

「言った通りだ、嘘はねェ」

四田と有村が首を縦に振る。

ここまでの話は信用していいらしい。

*

その後も聴取は続いたが、有力な情報はなく。

昼休みも終わりが近づいてきたので、ドスケベ催眠術を解除してその場は解散となった。

教室へ戻る途中、真友に尋ねる。

「何かわかったか？」

生徒会から頼まれたことなので、表立ってこの話題を話せるのはありがたい。

「まず、使われたドスケベ催眠術は開始条件が定められたものだと思う」

「開始条件？」

「何かをしたら勝手に発動するもの。陽が暮れたらとか三時になったらとか、そういうの。仕込んでおくだけでいいから便利だけど、卑怯者がすることとみたいで私は好きじゃない」

「あの時、四田の近くに犯人がいたとは限らないってわけだ」

「学内で開始条件を満たしたから、学内の人が犯人だとは思うけど」

「外部の人間の犯行じゃないってわかったのは収穫だな」

「とりあえず、その方向で調べるつもり」

捜査範囲を学内に絞り込めるのはありがたい。外も調査となると、さすがに範囲が広すぎる。

「あとは、サジも気づいたと思うけど、解除条件は意識を失うことか時間経過。直後の様子を見る限り前者っぽいけど、どちらなのかは未確定」

どんな催眠術でも、解除には条件を満たす必要がある。

その条件は催眠術師が任意設定することもあるし、未設定の場合もある。未設定だと催眠術のかかりが弱く、自動的に時間経過が条件となる。そのため催眠術師はほぼ間違いなく、何かしらの解除条件を設定するとされる。と以前に聞いた。

気絶して目覚めたら解けていたという状況を見れば、真友の推測はおおむね間違いではないだろう。まあ、おかげで四田は新たな扉を開いてしまったようだが。

「今わかるのはこれぐらい。さすがに犯人を絞り込むには情報が足りない」

真友はそう言うが、情報がなくても絞り込むのは可能ではなかろうか。

そもそもの話、真友が疑われるのはドスケベ催眠術を使えるからだ。

「ドスケベ催眠術の使い手を炙り出すようなことはできないのか？」

「方法はあるけど困難」

「方法って？」

「こんな事件を起こした以上、犯人はドスケベ催眠術を使う。つまり、サジと同じくドスケベ催眠抗体持ち」

……なんとなく言いたいことが分かった。

「全校生徒にドスケベ催眠術をかければいい。つまり、全生徒で狂乱全裸祭」

「却下だ」

確かにドスケベ催眠術を使えるなら、避ける術を持っているだろう。

ならば全生徒にドスケベ催眠術をかけて、かかっていない人を炙り出すというのは有効な選択肢に思える。

しかしそれは、より凶悪な事件と犯人を生むだけ。交通事故をなくすためにすべての車を禁止するとか、そういう類の行為だ。

「私もする気はない。サジみたいに全裸になりたがりの変態だったら逃げられるし」

「いい加減、俺を脱ぎたがり扱いするのをやめてくれ」

「じゃあ……、服を着た変態？」

「変態が服を着て何が悪いんだよ……」

いいだろ、変態が服を着ていても。そもそも俺は変態じゃないが。

ともかく、確実に見つけ出すのは難しいらしい。

「そもそも犯人は、どうやってドスケベ催眠術を覚えたんだろうな」

「前にも言った通り、手品師や政治家にも同じ力を使う人がいる。そういう人たちから教わったとも考えられるし、見るだけで覚える人もいる。さすがに一回見て覚えられるような簡単なものじゃないけど」

今の話からすると、一人いる。

真友や平助のドスケベ催眠術を何度も見たであろう人が。

「水連はどうだ？　平助と関わりがあったなら、あるいは」

「それはない」

「どうしてそう言い切れる？」

「水連は師匠から催眠術をかけられている。もしもドスケベ催眠術が使えたならそもそも催眠術にかからない」

「催眠術にかけられた後に、ドスケベ催眠術を覚えたかもしれないだろ、真友みたいに」

「だとしても、水連がドスケベ催眠術を使えたのなら、サジのことが好きな彼女はサジを助けるために、ドスケベ催眠活動をしていたはず。ドスケベ催眠サポーターでいる理由がない」

「行動が矛盾するってわけか」

水連がドスケベ催眠サポーターをしていたのは、俺を助けたかったからと言っていた。

そしてどこまで本気かはわからないが、平助の考えに共感したとも。

もしも彼女がドスケベ催眠術を使えたなら、わざわざサポーターなんてする必要がなく、自らがドスケベ催眠活動を行い、俺にかかる催眠術解除を試みたはず。

確かに、俺のために最適な行動をする水連がドスケベ催眠活動をしなかったのは、彼女がドスケベ催眠術を使えないという証明になるか。

ドスケベ催眠術が使える人から探すのが、ここまで難しいとは。

と、ここでもう一つ、疑わなきゃいけない可能性に思いつく。

「真友の自作自演ってのは？」

「知っているはず。今の私はサジがいないとドスケベ催眠術を使えない。サジが認識していないことが、私がしていない証拠」

「実は一人だとドスケベ催眠術が使えないというのが嘘というのは」

「だったら、朝練なんてまどろっこしい真似はしないし、サジと契約なんてしない」

「ま、そうだろうな」

この線はないと思っていた。一応、可能性を潰したただけだ。

「それにサジならわかると思うけど、私ならあんな低品質ドスケベ催眠術はしない」

違い、わかんねえんだわ。

「私ならもっと繊細かつ大胆にやる」

犯人の前に、こいつを捕まえたほうがいい気がしてきた。

＊

放課後、テスト対策部部室。

辻ドスケベ催眠事件はあっても、テストが中止になることはない。

黒山をないがしろにするわけにもいかないので、この時間はこちらに集中するとしよう。

「今日は日本史を中心に進めよう」

「うぅっ、日本史ですね。苦手です……」

苦手科目だからか、黒山から渋い声がこぼれた。

今日は月曜日だ。やる気の出る科目をさせて、勢いをつけさせてもいいだろう。

「なら英語でもいいが」

「うぅっ、英語ですね。苦手です……」

まったく同じ反応。コピペか？

「一応聞くが、自信のある科目はあるか？　保健体育以外で」

「あはは……、ありませんでしたね。ちなみに保健体育も自信はないのですが」

苦笑いで認める黒山。なんだ、気遣って損した。

「どれもダメなら予定通り、日本史からだ。江戸幕府の前期、関ケ原の戦い以降から始めてくれ」

「はい、えっと、まずは1603年に徳川家康が……」

黒山はたどたどしくも単元の解説をしていく。

「という感じなのですが、どうでしょう？」

「大丈夫そうだ。俺から指摘する点はない」

「ほう……、よかったです」

深いため息から安堵の笑み。

「じゃあ、この前のテストで間違っていたのをもう一回解いてみろ」

続けて、初回のテストで間違えたその単元の問題に黒山が取りかかる。他人に説明できるレベルで理解をしているからか、数分もしないで空欄が埋まる。……どれも合ってそうだ。

「正解だ」

「やりました！」ぱぁっと黒山が笑う。

この勉強方法は、俗に言うアクティブラーニングというものだ。

自らがちゃんと理解していなければ、誰かに物事を教えることはできない。

それは『誰かに教えられる状態ならば理解している』とも言い換えられる。

なので俺が教わる側となり、黒山に各科目のテスト範囲の基礎部分を解説させる。で、説明の甘かった部分を俺が指摘、解説をする。

そうして黒山が十分理解したところで、前回のテストで間違えた単元の問題に再トライさせる。

テストの内容をひと通りできるようになれば一段落。

これを繰り返し、最終的には最初と同レベルの別のテストをして満点を目指す。

数日実践した所感としては、この学習スタイルは、彼女に合っていた。

やはり体育会系、元々努力はできるタイプだ。ゴールとそのプロセスが見えていると強い。

後は純粋に、教師から渡されたテスト対策の資料がわかりやすい。

「今のペースなら全科目で赤点回避はどうにかなるだろう」

そう話しているとき、自分の左目の下瞼がピクピクと震えたのを感じる。

……疲れ、溜まってるな。

「ありがとうございます、これも佐治君先生のおかげですね」

「先生はいらん」

言いつつ、眉間のツボをグッと押す。

「ところで、佐治君のほうは大丈夫ですか?」

「俺のテストは問題ないが」

「いえ、そうではなくてですね」

「何の話だ？」

「体調の話です。お疲れのようでしたので。クマだけじゃなくて瞼もピクピクしていましたし」

他人の目の痙攣なんて、よくわかるな……。

「問題ない。時々視界がぼやけたり、やたら眩しさを感じるぐらい……、いつものことだ」

「それは問題のような……」

「日常生活で困るほどじゃない、どこかで休んで調整するさ」

と、雑談はこの辺にしておこう。

「あまり時間を無駄にしたくない。次の問題の」

——解説をしてくれ、と言おうとしたときだ。

「差し入れだァ!!!!」

バァン、と勢いよく扉が開き、有村が現れた。手にはカントリーの母なお菓子の大袋が入ったビニール袋が握られている。

「……静かに来られないのか、有村」

黒山が集中できていたところへの乱入だったので、辟易と言う。

「わりィわりィ」

「有村君、こんにちは」にこやかに黒山が頭を下げる。

「おう黒山、ホームルームぶりだな」

面識があるらしい。そういえば二人は同じ三組だ。

有村は手土産を机に置くと、俺の隣に座る。

「あ、バニラいただきまーす」

早速手を伸ばし、黒山がほころんだ表情でそれをパクついた。「バーニラバニラバーニラ求人」と口ずさみつつ、ごみの山を作りながら。それ、何のバニラか知ってんのか？

「サジもどうだ？」

「俺は糖質を許さない」

「お前ェ、糖質に家族でも殺されたのかよ？」

「そんな、糖質を取らないなんて……。糖類憐みの令です！」

「天下の悪法じゃねェか」

「この前勉強したところだ。最近覚えた言葉を使いたかったんだろ」

「罰としてココアも私がいただきます。ダイハツ、ココア～」

お菓子のごみの山がさらに大きくなっていく。ココアもココア違いだった。

「あんまり食べすぎるなよ」

「太らない体質なので余計な気遣いは無用です。体を動かすのだけは得意ですから。……も

ちろん、保健体育的な話ではなくスポーツ的な意味ですが」

「それは聞いてない」

「頭を動かすのに糖質は必要だが、取りすぎると眠くなっかんなァ」

有村が俺の言葉の意図を説明してくれる。さすが、よくわかっている。

「ドカ食い気絶って言葉ぐらい聞いたことあるだろ」

手にしていたクッキー菓子のココア味を半分齧ったところで黒山の手がぴたりと止まった。

そして残ったその半分を申し訳なさそうにこちらへ差し出してきて、

「いります？」

「いらん」

食べかけを渡してくるな。

そんな様子を見て、有村がくつくつと笑う。

「無理なことを任せてわりィと思ったが、まあ仲良くやってるようでよかったぜェ」

仲良くやっているというより、黒山のコミュ力が高いだけだが。

「んで、調子はどうよ？」

「進捗は全体の三割ほど。平均点は微妙だが、赤点は避けられそうだ。……保健体育だけは
お前より上かもな」

「そんなことないですけど!?」

「ひゃはは、勝負だな、黒山！」

「あのー、私、崖っぷちの成績不良者ですよ？　勝負になりませんよ」

「んなこたねェ。授業もテストも内容は同じだ、立ってる土俵は同じだぜ。サジもなァ！」

「俺じゃ、そこまでは無理だ」

「ま、お前ェはそもそも満点を取る気がないかんなァ」

「八割とれば、どの科目でもおおむね最高評価になるからな」

最低の労力で最大の成績をもぎ取る、コスパに優れた方法をとっているだけだ。

「お二人って、仲いいんですね」

意外そうに、黒山が言う。

「去年、同じクラスだったかんなァ。黒山もそうだったろ？」

「そうですけど、佐治(さじ)君と有村君が一緒にいるのはあまり見たことがなかったので」

「俺ら、職友(しょくとも)だかんなァ」

「まだ言ってるのか、それ」

「ショクトモって何ですか？　職場の友人……同じバイト先とかですか？」

黒山の問いに、有村が苦笑して答える。

「一緒に職務質問された仲、同病相憐れむってヤツだぜ」

有村と最初に話したのは昨年、課外活動のときだった。

大将が早々に別グループの一員となり、同クラス内であぶれていた俺と有村は同じグループとなったのだ。不審者系の俺とヤンキー系の有村とで顔怖いペアの出来上がりである。そうして二人で外を歩いていたら、職質されたのだ。

そうして知り合った有村だが、話してみるとなかなかに計算高く、非常に便利そうだった。以降、特に仲良くすることはないが、グループ活動などで余ったら一緒に行動するように。とはいえ学年トップクラスの学力だったり生徒会活動だったり、容姿と言葉遣い以外は真面目な優等生だった有村は徐々に周囲に受け入れられていった。

対して俺は、人付き合いの増えていった有村と一緒にいたら、ドスケベ催眠術師の子だとバレるリスクを感じ、段々と話さなくなった。

そうして学年が変わったのを機に、ぱたりと話さなくなったのだ。まあ、その程度の仲だったのだと思う。職友、浅い絆である。

余談だが、俺のように人を避けたい理由もないのに、どうして怖い顔や態度を直そうとしないのか聞いたことがある。

その時の回答は『取り繕うのだりーだろ』。どこまでもまっすぐなヤツなのだ、こいつは。

「んじゃ、様子も見たしもう帰るわ。調子も良さそうで何よりだ」

「もうですか？　来たばかりですけど」

「確認に来ただけだし、今の四田なら勝てるかもしれねェかンなァ。帰って勉強すンだよォ」

有村は去年からずっと学年二位。そして一番は四田だった。

「今の四田に勝って嬉しいか？」

「何をしようが、勝ったら嬉しいね。それにあいつが勉強しねェからって俺が勉強しねェ理由にはなんねェだろ。俺はいつだって、一番目指してんだからなァ」

こんな口調だが、言っていることは優等生なんだよなぁ。

「まあ、頑張れ」

「お菓子、ありがとうございました」

「おう、じゃなー」

手をひらひらと振り、有村は部屋を後にした。

さて。

来客も済んだので勉強を再開しよう。

と思ったら、黒山から確認が入る。

「有村君の言っていた、今朝の件ってあれですよね。四田君が神様になっていたっていう」

あれほどの騒ぎだったのだ。直接見ていないにしても、さすがに知っているようだ。

「今回のこともドスケベ催眠術師が……片桐さんがやったんでしょうか」

「それはない」

「どうして言い切れるんですか？」

「以前のいざこざでな、今の真友（まとも）は俺が近くにいないとドスケベ催眠術が使えないんだ」

「……なるほど。関係者の佐治（さじ）君が違うと言うんだから、違うんでしょうね」

真友の起こしたドスケベ催眠テロについては、二年生の多くの人が知っていることだ。

「別に、無理に信じなくてもいいがな」

ここまで話して、ふと思う。

「今更なんだが、黒山（くろやま）は俺のことが怖くないのか？　知っているんだろう、ドスケベ催眠術師の子で、よくドスケベ催眠術師と一緒にいるって」

「そう、ですね」

少し悩んでから、黒山は言う。

「佐治君は全然笑わなくて、顔は不審者（ふしんしゃ）で、言葉遣いも辛辣（しんらつ）で、それにドスケベ催眠術師の友達で。……少し、怖かったですけど」

過去形だった。

「今はそんなに怖くないです。細かいところでいろいろと気にかけてくれますし。ほら、落とした物を拾ってくれたり、厳しいようで私のためになることを言ってくれたり、疲れていてもちゃんと勉強教えてくれますし。実は、ツンデレさんなのかと」

「ただの打算だ。別にお前のためじゃない」

「ほらツンデレです」

今の発言のどこがツンデレなんだ……？

「それに佐治君自体は何もないとも聞きましたし。あとは今日までの身のこなしを見るに、……殴り合えば勝てそうですし、怖くないなって」

俺は今、黒山が怖い。

「というわけで、怖いとかはありません。……まあドスケベ催眠術師さんを連れられてこられたら、全力で逃げますけど」

「それがいい。どんな事情があっても、ドスケベ催眠術師とは関わらないほうがいいからな」

どうやら黒山に恐怖心を与えていなかったようで、ホッとした。緊張状態は学習効率を落とすからな。

「とにかく、四田（よんだ）の件はすぐどうにかなることじゃない。気にするだけ時間の無駄だ。今は潰（つぶ）すことのできる不安、とりあえず日本史の不安をどうにかすることだ」

「そう、ですね。それでは、あの」

彼女は少し口ごもってから、

「少しお花を摘みに行ってから再開でもよろしいですか？」

「あぁ」

こうしてもう少し休憩してから、黒山は日本史の次の単元についての解説を始めた。

もっと早くお菓子を止めるべきだったか、ドスケベ催眠術の話題を出したのが失敗だったか、あるいは俺に匹敵するぐらいに疲れがたまっていたのか。

その後の黒山(くろやま)は、やや集中力を欠いていたように見えた。

＊

翌日、六月三週目の火曜日。

辻ドスケベ催眠事件調査のため、この日は朝練が中止となった。

代わりに俺と真友(まとも)が訪れたのは水連(すいれん)の相談室。

なんたって水連は元ドスケベ催眠カウンセラーで関係者だ。何か知っているかもしれない。

「それで昨晩、話がしたいと連絡をくれたわけだ」

「そういうこと」と真友。

「では、何でも聞くといい。知っていることはすべて答えよう。ではまず、真友ちゃんがやらかした話でもしようか。あれは確か三年前の」

「聞かれたことだけ答えて」

「はっはっは、わかったわかった。そう怖い顔をしないでよ」

笑いつつ、水連が了承する。

「早速だけど、水連はこの件について、何か知ってる？」

「四田君が仏になったってことぐらいかな。なーむー」

「四田は死んでないが」

賓頭盧なので仏になったのは間違ってないが。

「事件の犯人について心当たりはある？」

「真友ちゃん以外に、できる人はいないと思うけど」

水連が徒に笑う。

「あ、でも沙慈君がいないと使えないんだったね、ドスケベ催眠術。なら違うか、二人が共犯でもない限り」

「……私たちを疑ってる？」

真友が訝る目を向ける。

「まさか。真友ちゃん単独犯ならともかく、沙慈君がそんなことに加担するわけがない」

俺への信頼度の高さよ。

「私単独犯でもしない」

それは嘘だ。狂乱全裸祭やったろ。

「しかし現状、できるのが君たちしかいないのも事実、疑われるのは必然だね。だからこそ、その疑いを晴らすためにこうして活動しているのだろうけど」

「聞き方を変える。私たち以外に、心当たりはある？」

「もちろんないさ」

水連の余裕ぶった雰囲気から、はぐらかしたように聞こえたのだろう。あるいは要領を得ないと考えたのかもしれない。

真友が俺に視線で合図を送ってきた。ドスケベ催眠術の使用許可を求めるものだ。

事実確認のためにも、俺は小さく頷いて了承する。

「ドスケベ催眠四十八手──真摯紳士」

キンと鳴る髪飾り。そして俺を襲う耳鳴り。

突然のドスケベ催眠術に、水連がうなだれる。

「もしかして疑われてる感じかな？　……困ったな」

「私が疑っていようとなかろうと、質問に答えてくれればいい」

「感情は関係ない、か。道理だね」

腕を組んで余裕たっぷりに笑う水連に、真友は問いを続ける。

「改めて質問。私たち以外に心当たりはある？」

「ない。本気と書いてガチ、何も知らないから無知。略して私はガチムチさ」

この人はガチムチではなくムチムチでは？　もちろん、別の意味で。

「なら、この事件に対する考えや推測を聞かせて」

有村らと違って多少の知見があるからか、真友は意見を求めた。

「被害がある以上、誰かがドスケベ催眠術を使ったのは間違いない。でも、他にドスケベ催眠術を使える人を私は知らない。だから私は真友ちゃん以外に心当たりはないと言った。簡単に身につけられる技術でもないからね」

「でも、私はしていない」

「それなら、ドスケベ催眠術を用いないでドスケベ催眠術と同じ効果をもたらす何かがあったんじゃないかな？　私ならそう考える」

「どういうこと？」

「例えば、催眠アプリ」

「催眠、アプリ……!?」驚愕する真友。

「催眠アプリって、何だ？」

馴染みのない単語だったので俺は確認を入れた。

「フィクションによく出てくる、誰でも簡単に催眠術が使えるようになるハイパーご都合主義のスマホアプリさ」

よく出てくるか？　少なくとも俺は知らないが。

「ちなみにフィクションとは、主にエロ漫画だよ」

「ちなむな」

ともあれ、俺が知らないわけだ。エロ漫画は18禁だからな。

「私は催眠アプリなんて認めない」

真友が渋い顔で続ける。

「ドスケベ催眠術は努力と研鑽を積み重ねた先にある、至高の技術。それをアプリで超えようだなんて、言語道断甚だしい。一件便利に見える技術革新は、大切なものを見失っている」

「はっはっは、技術の進歩についていけないおばあちゃんみたいで、真友ちゃんは老害だな」

煽るように、水連が笑う。

「そういう考えが文化を破壊する。催眠アプリが流行したら、誰もドスケベ催眠術を学ぼうとしなくなる。日本のドスケベ催眠文化は衰退、ドスケベ催眠術師が絶滅してしまう」

腕を組み、真友が眉を寄せて怒りを示す。

……衰退も絶滅もしていいんじゃね？

イラストＡＩが流行して人が絵の勉強をしなくなるのとはわけが違う。まあ、アプリで誰もがドスケベ催眠術を使える世界というのはお断りだが。

いや、そもそもだ。

「催眠アプリって、フィクションの話だろ？」

「あぁ、主にエロ漫画の話だね」

水連、なぜ言い直した？

「だが時代は令和だ。催眠アプリの一つや二つが開発されてもおかしくないさ」

俺の知らないところで科学技術に革命が起きていたらしい。令和すごい。

「まあ、催眠アプリはあくまで例えだよ。動画でも催眠音声でもクスリでも。とにかくドスケベ催眠術に代わる何かが用いられたと考えるのが妥当だろう。真友ちゃん以外にドスケベ催眠術師がいると考えるより、まだ可能性は高いと思う」

同じ結末でも、そこに至る選択肢は複数存在するってことか。

そんな水連の意見を聞いて、真友はどうやら思うところがあったらしい。

真友がムムムと考え込み、会話が途切れる。

水連は雑談とばかりに俺に話しかけてきた。

「私としては何でもいいから早く解決してほしいのだけどね」

「水連にも被害があるのか？」

「大ありだ、オオアリクイだ！　がおー」

言いながら、オオアリクイのように手を広げて威嚇のポーズ。かわいい。

「昨日の夜から、四田君の件で、いろんな生徒から連絡がうるさくてね。『心配です』とか『助けてください』とか『主人がオオアリクイに殺されました』とか、そういう相談の連絡が絶えないのさ」

「一つは確実に迷惑メールでは？」

オオアリクイに主人を殺された高校生がいてたまるか。

辟易と水連は続ける。

「それに、これはドスケベ催眠術で悪さをする人がのさばっているということだろう？」

「そうだな」

「お姉さんは仕事柄密室で二人きりになるからさ。エッチな目に遭ったらどうしよう沙慈君」

「不安だな」

「催眠術の効かない人がゼロ距離でボディガードしてくれたら、安心なんだけどなあ沙慈君」

「こっちに話を振らないでくれ」

「そうだ。今のうちにお姉さんをいただいちゃうのはどうだろう？　沙慈君ならタダでいい！　永久保証のプライスレス、ただし返品不可！　購入は今からＯＫ！　しかも初物だから寿命も延びる！　さあ、処女を奪え！」

「いや、遠慮する。……真友、ドスケベ催眠術を解いてくれ。水連が素直になりすぎて大変だ」

「今解く」

「冷たい！　キンッキンに冷えてる！」

解除のために指を鳴らそうと手を構えたところで、真友は思い出したように水連に尋ねた。

「最後に聞くけど、今回の件、水連は何か関わってる？」

「先ほども言っただろう、何も知らないと。私が関わった事実は存在しないよ」

両手を上げ、ガチムチ無実をアピール。

有村や四田同様、ドスケベ催眠術を用いて尋ねたからには、これは信じてもいいだろう。

「わかった」

確認し終えると、真友は指を鳴らして水連にかけたドスケベ催眠術を解除。

一瞬、ぴくっとした後、水連は髪を揺らしながらフルフルと首を横に振る。

どうやら今ので解けたらしい。

「おおうおおう、私への疑いは晴れた感じかな？」

「元々疑ってなかった」

こうして水連への聴取は終了……したのだが。

「沙慈君、少し話をいいかい？　真友ちゃん抜きで話したいことがあるのだけど」

「……俺だけで？」

一瞬、身の危険を感じる。しかし杞憂、真面目な話だった。

「テスト勉強の子の件と言えばわかりやすいかな？」

黒山の件か。ちゃんと水連の耳にも入っているようで一安心だ。

「わかった。真友、先に教室に行っててくれ」

「サジ、薄い本展開になったら連絡してね」

これはもしや、いざとなったら助けてくれる感じだろうか。

「観察したいから。あ、遺骨も拾う」

どうやらただの興味本位で、別に助けてくれないらしい。まあ、こういうヤツだとは知っていたが。……これ、契約違反では？

真友が部屋を出ていって二人だけになると、水連は手早く本題へ。

「時間をもらってすまないね。君がテスト勉強を見ている黒山ちゃん、勉強の進捗がどんな感じかを聞きたくてね」

「ぼちぼち、だな。赤点は多分、回避できると思う」

「そうか、それはよかった」

ホッとしたように水連が胸を撫でおろす。

「どうして水連が黒山のことを気にかけるんだ？」

「おいおい。教職員が生徒の成績不良を気にかけるのは普通だろう？」

言われてみればその通りだ。

「まあ、彼女が相談対象者で勉強についての悩みを聞いたというのもあるが」

黒山も相談者に選ばれたのか。確かに学業面がアレだし、『悩みを持っていそう』選抜を通過していてもおかしくはない。

「沙慈君は、この学校で成績不良者になった生徒がどうなるか知っているかい？」

「部活やバイトの課外活動の禁止、とだけ」

「表向きはな。だが実態は、留年予備軍でもあるんだよ」

「まあ、成績が悪くてそうなっているわけだし」

「ところで、沙慈君の同級生に留年した先輩はいるだろうか？」

「……聞かないな」

もっとも、俺の交友関係の狭さからして『知らない』というのが正解かもしれないが。

「確かに『もう一年頑張るドン、学費を振り込むドン』というのが一般的なのだけど、ここでは多くの生徒が転校してしまうみたいなんだ。三年生で卒業まであと少しとかの場合を除いて」

初耳だった。

「留年が決まった段階で学校側から本人と保護者に転校も選択肢だと勧告をするんだよ。勉強漬けで窮屈な思いをするんじゃなくて、自分に見合った場所へ移動したほうがいいんじゃないか、とね。……そう、怖い顔をしないでほしい」

「いつもの顔だが」

特に怒りとかもなかったし、真面目に聞いていただけなのだが。

「つまり、成績不良者は留年予備軍であると同時に転校予備軍なんだ。黒山ちゃん本人は学校に残っていたいようだったから、そうならないといいと思って、状況を聞きたかったのさ」

「今の話でプレッシャーが強くなったんだが」

「はっはっは。大丈夫そうならいいじゃないか」

愉快そうに水連が笑う。まったく、軽く言ってくれる。

「用件はこれで終わりだ。何か行き詰まったことがあれば、ぜひ相談してほしい。これでもお姉さんは、いいとこの大学を出ているからね」

「それは知ってる。水連は昔も、勉強を教えるのがうまかった」

「そんなこともあったね。あのころの沙慈君は……っと、この話をすると長くなりそうだ。今日はこの辺にしようか」

「あぁ、それじゃあまた」

軽く会釈をして、退室しようと立ち上がる。

そこで、スマホが着信を告げた。

相手は先ほど相談室を出て行ったばかりの真友。

水連に一声かけてから、通話に応じる。すると、

『サジ、急いで教室に来て。3秒で。3、2、1、0、0、0、遅い、まだ?』

珍しく、動揺したような声。

「何があった?」

『いいから早く』

一拍置いて、真友は続ける。

『類がやられた』

＊

第二の被害者は、同じクラスのロリなギャル、高麗川（こまがわ）類。

俺が教室を訪れると、高麗川は両手で口を押さえており、真友がその傍でアセアセしていた。

それに対してクラスメイトらは「またドスケベ催眠術師か」とでも言いたげな、嫌そうな視線を向けている。

「サジ、遅い」

「急いできたんだ、言いがかりは後に」

「カリ!?」

突如、高麗川が叫んだ。直後、ムーと顔を赤くして口を押さえる。

「……今のは？」

俺は怪訝に思い、尋ねる。

「今、類はいろんな下ネタにマッハで反応してしまうようになっている」

「谷間!?」

「とりあえず、ドスケベ催眠術で解除したい」

「ドスケベ催眠術!?」

これは、地味にきついかもしれない。何せ、本人が恥ずかしいと思う下ネタに強制的に反応させられてしまうのだから。それも真友（まとも）といたら下ネタが連呼されるので余計に。

「幸い、今のところは類（るい）の精神的な被害だけ」

「精子!?」

「というわけで、この状態に制止をかけたい」

「精子をかけたい!?」

「サジ、早急に」

「双丘!?」

このやり取り、絶対わざとだろ。

「真友、やっていいぞ」

「真友!?」

「え?」

真友がジト目を高麗川（こまがわ）に向けた。高麗川は口を押さえたままムームーと言い訳。

嫌なものを見た気がする。

「まあ、止めてやれよ……。こんな衆目の中だし、さっさと楽に」

「中出し!?」

叫んだ後、高麗川がべしべしと肩を叩いてきた。痛い。

今の、俺が悪いのか？

「じゃあ、いくよ」

「イクゥ!?」

というわけで、真友がドスケベ催眠術。

高麗川が気絶して机に突っ伏し、真友がすぐに解除。

こうして第二の辻ドスケベ催眠事件は収束した。

……後から聞いた話だが。

クラスメイトらは、高麗川が真友に関わったがためにこうなったと思っているようだった。

今回も、事態を収めたのは真友なのに。

*

その後、授業合間の休み時間。

視聴覚準備室で高麗川から話を聞くことに。

「朝はありがとね。急に体が言うことを聞かなくなって、聞こえる言葉からアレな部分がはっきりわかるようになっちゃって、叫びたい欲求を止められなくて、大変だったわ。……言っとくけど、あたしの意思で叫んだわけじゃないから」

「わかってる。類(るい)は男子がいる前ではそういうことは言わないタイプ」

「女子だけの前でも言わないけど」

「早く本題に入れ。休み時間は短い」

「……あんた、本当に嫌な性格よね。やだやだ、将来、ＤＶ夫になるタイプだわ」

「類、言いすぎ」

「……そうね、言いすぎたわ。ごめんなさい」

真友に言われ、素直に謝る高麗川。根は素直なんだよなぁ。

「そもそもサジに結婚は無理、ＤＶ夫にすらなれない」

言いすぎはどっちだ。まあ、俺も誰かと結婚している未来は想像できないが。

ともあれようやく本題に入る。

「まず言い訳じゃないけど、私は類にドスケベ催眠術をかけていない」

「知ってるわ。そんなことしないって信じてるし。クラスのみんなにも、真友は大丈夫だって言ってるんだけど、信じてもらえなくて」

「そ」

真友は少し照れたように視線を逃がす。クサいことを言われてこそばゆかったのだろうか。

今しがたドスケベ催眠術という単語を聞いても反応しなかったことから見るに、もう暗示は解けているようだ。まあ、かかったままなら授業中も何かしらの単語で反応していただろうが。

この様子だと、一連の事件の解除条件は『一度意識が途切れる』と考えていいだろう。

「改めて質問」

前置きをして、真友は四田にもしたように問いを投げかける。

「類は、ドスケベ催眠術をかけられた記憶はある？」

「ないわ」

「どのタイミングから下ネタが聞こえるようになった？」

「……ちょっと、言いにくいんだけど」

一瞬、間を置くと、後ろめたそうに続けた。

「真友を見た瞬間、ね」

「私？」

「朝の時点では普通に教科書を読んでて、クラスの子たちとも普通に話していたんだけど、真友が来て、話し始めたらこう、急にくっきり聞こえるようになったというか」

「なるほど、情報提供感謝する」

ここで真友からまたドスケベ催眠術で確認したいと提案があり、俺は了承。

高麗川が嘘をついていないとわかったので、それはすぐに解除される。

「私からは以上。サジから聞いておきたいことはある？」

「時間もないし、手短にしてよね」

先ほどの意趣返しか煽るように言ってきた。

しかし、俺の質問事項は決まっている。

「もし覚えていればだが、ここ数日で変なものを見た記憶はないか？」

「変なものって、何よ？　四田？」

確かにアレを超える変なものはそうないだろうが。

「変な画像というか、誰かのスマホ画面とかだな」

「サジ、どういうこと？」

「水連が催眠アプリのことを話していたからな」

どうやら催眠アプリは、スマホでアプリを起動して画面を相手に見せるだけで発動するという設定であることが多いようなので。

「変なもの、ねぇ……、えーと」

言いながら、高麗川はスマホを操作。

「何を見ているんだ？」

「ＳＮＳ。何かあったら呟いてるから、何か残ってないかなって」

素早い動きでスマホをパパパと操作していく。ギャルの手つきだなぁ。

「昨日の夜に、迷惑メールを開いたら変な動画を見たってあるわね」

「変な動画ってのは？」

「記録したからには印象に残ってるはずなんだけど……、覚えてないわね」

　動画を見たはずなのに記憶にない、か。これは、ドスケベ催眠術の匂いがするな。以前、真友（まとも）も使っていた白紙塗料（はくしとりょう）、記憶を消すドスケベ催眠術だろうか。

「でも多分、メールボックスに残って……、あったわ」

　そうしてスマホの画面を見せてくれる。

　謎のアドレスから送られてきた、謎のメール。内容はＵＲＬのみ。

「そうそう、これを開いたら変な動画が出てきたのよ。……ただ、どこにもつながらないわね」

　ＵＲＬを開いても動画を確認することはできなかった。某ＳＮＳのダイレクトメッセージの機能にある「消える動画」のように、一度しか再生することができない設定となっていたのだろう。あるいは、見るのに何か別の条件が必要か。

「そのメール、転送してもらってもいいか？」

「いいわよ」

　転送されたメールを開き、リンクを踏む。当然ながら俺のほうでも開くことはできない。

　とはいえ、手掛かりだ。俺はそれを、ある人物に転送しておく。

「とりあえず、俺からはこんなところだ」

　中休みなので予鈴はない。授業に遅れないよう、俺たちは教室へ戻った。

*

昼休み、視聴覚準備室にて。

俺と真友は食事の後、高麗川からの情報を踏まえて作戦会議をすることに。

「多分だけど、四田や類に使われていたドスケベ催眠術がわかった」

ラックの隙間から引っ張り出されたホワイトボードには、『痴女装濡』『擬音精射』と書かれている。やべぇ漢字の並びである。

「一つ目、四田にかかっていたのは痴女装濡。これは痴女になるドスケベ催眠術」

「四田は男だが」

「正確には、自分の体をやたらとアピールして触らせようとする効果」

結果、自らの体を触らせまくる賓頭盧プレイに走った、と。

「二つ目、類にかかっていたのは擬音精射」

「鐘の声が聞こえてきそうな技だな」

平家物語の冒頭みたいな響きだ。

「目に見える文字列、聞こえる音にドスケベを見出すドスケベ催眠術」

これのせいで、高麗川は聞こえる言葉から卑猥を抽出するようになってしまった、と。

「この二つは汎用性がないことを理由に、ドスケベ催眠四十八手から外れた古い技となっている。使うとしたら、行き遅れの化石ぐらいのもの」

曰く、ドスケベ催眠四十八手は時代に合わせてその技の種類を変えているらしい。

そして今回使われた技は時代に淘汰された存在というわけだ。まあ使用用途もかなりピンポイントだしな。下ネタを見出す技なんていつ使うんだって話だ。

「ちなみにこれらの技は始祖である師匠の名前を使って、平助物語と総称される」

平助物語、そして擬音精射という単語から、ふと平家物語の冒頭を思い出す。


『祇園精舎の鐘の声、諸行無常の響きあり。

娑羅双樹の花の色、盛者必衰の理をあらはす。

驕れる人も久しからず、ただ春の夜の夢のごとし。

猛き者もつひにはほろびぬ、ひとへに風の前の塵に同じ。』


この調子だと、『諸行無常』や『盛者必衰』っぽい韻の技もありそうなものだが、

「そして平助物語の中には、賢者必衰と諸行無情という技もある」

あるんだ。

真友はホワイトボードにそれらを書き入れて続ける。

「仮に犯人が平助物語を使うなら、次の被害者は賢者必衰でやられるはず」

「効果を説明してもらってもいいか？」

「賢者必衰は、焼きが回る技。精神的デバフみたいなもの。例えば、トランプタワーを作っているときにかけられると、もうこんなのやってられるかと、投げ出しちゃう」

　情動的に動いてしまう技、というわけか。

「諸行無情ってのは？」

「ある意味で、賢者必衰の反対の技。あらゆるものに対して無情になる。坦々淡々をより厳しくした感じで、ちょうどサジみたいになる」

「人をドスケベ催眠術の効果みたいに言うな」

　とはいえ仮に犯人がことを大きくしたいなら、あまり効果はなさそうだ。

「あ、あの〜、何やら非常にドスケベ催眠術な話をしているところ恐縮なのですが」

　と、ここで卑屈そうな声が割って入ってきた。

　視聴覚準備室にしばしば出没するメディア何とか部の部員、真昼間まひるである。

　彼女は、俺がドスケベ催眠活動に同行することになって、初めて対応した相手だ。元は引きこもりだったが、今はドスケベ催眠術の効果で学校に来るようになっている。常時頭に猫耳を乗せている陰キャで色々ビッグな一年生である。

「あ、わたし、今の話聞いて大丈夫でした？　記憶消去したほうがいいですかね？　今なら短期記憶なのでハンマー一発で消えると思いますけど」

「記憶の消し方物騒すぎるだろ」

「何かあったらドスケベ催眠術で忘れさせるから気にしなくていい」

「ひん、久しぶりに話したのにこの扱い、悲しみの孤独の怪物……」

真昼間が悲しそうにスマホゲームに視線を落として会話からログアウト。強く生きてほしい。

それを放置し、真友は話を戻す。

「ドスケベ催眠術の開始条件は私を見たこと、と類は証言している」

今回の犯人は真友の存在を意識している節がある。

仮に今回の被害の原因をすべて押しつけるつもりだとすれば、真友の姿を見たときに仕込んでおいた爆弾が起動するというのは、なかなか理に適った条件だと考えられる。

「こうなると、真友に恨みを抱いている人って線が出てくる。心当たりとかないのか？」

「クラスのほとんど」

恨みの心当たりがどんぶり勘定すぎる。

「あとは先生たちとか、そういう治安維持を担う立場の人」

「確かにドスケベ催眠術師は目の上のたんこぶだろうが」

「あ、あのー」

そこへ、真昼間が恐る恐ると手を挙げた。

「何、まひる？」

「えっとですね、今のお話を聞いて思ったんですけど、真友さんは恨みを買っているから今回の濡れ衣を着せられている、ってことですよね？」

「かもしれない」

「じゃあその、辻ドスケベ催眠以外に、何かされたりしてないのかな、って」

「辻ドスケベ催眠以外……例えば？」

「ない」

「あ、えっと、そうですね……、邪魔されたり、とかですか？」

「あ、ごめんなさい、不要で不快で不遜極まりなかったですね。しばらく黙ってます」

「そこまで言ってない」

「うぅ、沈黙は金、雄弁はぼっちの種……」

真昼間はおずおずと口をつぐんでスマホゲームに戻った。

口にはしなかったが、俺は悪くない考えだと思う。

もしもこういった事態を引き起こしたのなら、それを解決しようと動く真友は邪魔だ。

何か、妨害工作が行われていてもおかしくはない。

……。

嫌な想像をした。

この事件、真友の力を使えば事件自体を存在しなかったことにできる。

しかし事件は生徒たちに知れ渡り、真友の濡れ衣は増す一方。

なかったことにしなかったのは、そういう指示があったから。

有村六法から。

思えば四田の件の時も、有村は大声で遮ることで、真友のドスケベ催眠術を妨害した。

妨害したかもしれない、という程度ではあるが。

と、ここで俺のスマホがブブブとメッセージを受信。

送付人は四田。開いて中身を確認する。

「どうやら四田も、例のメールを受信していたみたいだ。内容は覚えていないが、変な動画を見ていたような記憶があるらしい。同様にリンク切れで動画は見られなかったようだが」

なお四田の場合、メールを受信したのは事件よりもかなり前らしい。おそらくはメールの整理でもしていたときに偶然、開いてしまったのだろう。

「そっか、アタリだね、いぇい」

高麗川から話を聞いた後、俺は四田に例のＵＲＬや動画について、見覚えがないか確認を取っていた。

結果はビンゴ。

これにより、四田も高麗川も謎のアドレスから届いたメールにあるリンクを開き、動画を見ていたことがわかった。

そして二人とも、動画の存在を指摘されるまで忘れており、現在も内容を思い出せていない。

これを受けて、真友は犯行手口を次のように推測する。

動画には某ＳＮＳにある『消える動画』のように一度しか再生できない設定が施されていて、なおかつ二つの効果を含むドスケベ催眠術が仕込まれていた。

一つは開始条件付きの平助物語。

もう一つは白紙塗料——動画の内容や見たこと自体を忘れさせる技。

どちらも真友を見ることが起動条件となっていたため、被害が発生した瞬間、〝被害者は被害の原因〟を忘れてしまう、という仕組みだ。

ただし解除条件については各々に定められていて、前者が意識の断絶だったのに対し、後者は動画の存在を認識することだったのだろう。

だから高麗川のように、動画を見てから真友を見るまでの間に動画の存在を記録されてしまえば、それが解除条件となり、証拠にもなってしまうとのことだ。

「つまり、このメールを送ったのが犯人というわけか」

催眠動画を送って視聴させ、催眠を仕込む。

肝心の動画は確認できていないが、犯人の手口にアタリがついた。

大きな前進だ。

迷惑メールを安易に開かないでと呼びかければ、新たな被害を抑制することができる。

「催眠アプリ、許さない……！」

真友(まとも)が不快そうに言う。厳密にはアプリではなさそうだが。

「え、今起きているのって催眠アプリが原因なんですか？」

「催眠アプリが何か知っているのか？」

「あ、いえ、アノ、マア、タショー、ハイ」

反応しておいて、なぜカタコトになる真昼間(まひるま)。……あぁ、主にエロ漫画によく出てくるものだから、『知っている』ということに恥ずかしさがあるのだろう。

「厳密には違うんだがな」

何かしらのヒントが得られるかもしれないので、四田(よんだ)の件から先ほど分かったことまでをざっくり真昼間に説明する。

「……趣味でアプリ開発を齧(かじ)ったので力になれるかと思ったのですが、ダメそうですね」

「余計なことには首を突っ込まないほうがいいぞ」

「いえ！　事件解決に一役買ったとか、もうヒーローじゃないですか！　ちやほやされるに違いないですよ！」

陰キャなのに承認欲求こじらせてんなぁ。

「あ、ちょっと思ったんですけど、今更で大変恐縮極まりないのですが、その催眠の動画って真友さんの使うドスケベ催眠術を録画したものだったりしませんかね？　その、過去に誰かに

ドスケベ催眠術を使っていたのが撮影されて悪用されている、みたいな」

「それはない。私のドスケベ催眠術は画面越しに効くものじゃないから」

音声や動画に変換されることで情報量が落ちてしまうこと、それを閲覧する端末によって音質や明暗の違うことなどからうまくかからないらしい。インターネット上にある催眠音声はちょっと脳に刺激的という程度でしかないそうだ。

そのため、真友が普段使っているドスケベ催眠術もその場その場でうまくチューニングをすることでその効果を十全に発揮しているのだとか。

それをスマホで再現したと考えると、すごいな催眠アプリ。

「なんにしても、犯人につながる手がかりはないいんだよな」

手段がわかっただけだ。

先ほど真友から報告のあった技の種類や恨みのある人などの観点と組み合わせても、犯人にたどり着くことはできない。

有村の件は推測、可能性に過ぎない。今伝えても、推理の可能性を狭めるだけの悪手だろう。

「いや、もうこれで十分」

しかし、真友は自信満々にそんなことを言い出した。

「犯人がわかったのか？」

「まったくわからない」

そう言いつつも真友は腕を組み、得意げに続ける。

「でも、道具に頼っている時点で、本人はドスケベ催眠術を使えないと言っているようなもの」

「そうか？」

「間違いない。サジ風に言えば、合理的じゃない。低能無能で想像力が足りない知能ゼロカス」

「俺はそんなこと言わないが」

俺のツッコミを無視し、真友は語った。

曰く、今回の事件を起こすには、多くの条件が必要となる。

動画を送る連絡先。送ったメールを見てもらうこと。スマホの画質や明るさなどの条件が合っていること。真友を見なければいけないこと。内容もリンクだけだし、迷惑メールと思われて即削除されてもおかしくない。

どう考えても、直接使ったほうが早い。非効率が過ぎる。

つまり、ドスケベ催眠術を使えるなら、こんな面倒なことをするわけがない、とのことだ。

筋は通っている、のか？

「だから全校生徒にドスケベ催眠術をかける」

「それは前に却下したと思うが」

「違う、逆。もっと単純でいい」

……そういうことか。

「犯人はドスケ」

「あ、犯人にはドスケベ催眠術が効くから、シンプルに自白させるんですね！」

「……まひるぅ」

言いたかったことを言われたからか、真友が睨む。

「あ、ご、ごめんなさい。いいとこどりしちゃいまして……」

「気にしてない。私は胸と心が広いからそんなことは考えない」

いや、だいぶ気にしているようだったが。めっちゃ唸ってたぞ。

「とにかく、全生徒の前で自白させることで、真友にかかった濡れ衣も晴らすというわけだな」

「ついでに、その場で催眠アプリも放棄させる」

確かに、それが別の人の手に渡らないようにするのも必要か。

「問題は全生徒を集める方法」

「それなら有村や水連に相談してみよう。教職員や生徒会なら、何かしらの方法があるかもしれない。俺から連絡しておく」

「わかった。なる早でよろしく。さっさとケリをつけよう」

その後、水連と有村に連絡しようとして、一考する。

もしも有村が犯人なら、先にドスケベ催眠術で解決させればいいのでは？

……いや、それだと真友の濡れ衣が晴れない。

今回のことは、公衆の面前で真犯人が暴かれなければいけないのだ。

とはいえ、妨害が入る可能性もある。

俺は水連だけに連絡を取った。

返事はすぐで、元々週明け月曜日の朝に行われる予定だった全校集会に、二学期から全生徒向けになる学生相談制度の担当者挨拶という名目で話す時間をねじ込めた、とのこと。

こうして、とんとん拍子に犯人確保の日程が定まるのだった。

昨日事件が発生したばかりで証拠すらないのに、もう犯人にたどり着けそうとは。

ドスケベ催眠術師が登場したら、ミステリーは成立しないな。

別件ではあるが、四田に催眠動画の件を伝えたからだろう。生徒会から『迷惑メールの本文に記載されたＵＲＬ先の動画を見たらドスケベ催眠術にかかる』という注意喚起の通達が流れた。

＊

翌日水曜日、辻ドスケベ催眠事件は起こらなかった。

皆がメールに気をつけたからか、あるいは犯人がそれを受けて慎重になったかは定かではない。

こうして作戦決行をする集会の日まで日々はつつがなく過ぎていっ……てくれればよかったのだが、そんなことはなく。

黒山(くろやま)の学習スピードが鈍くなった。

「最近、勉強に集中できなくてですね」

慣れない勉強や迫る試験日、辻ドスケベ催眠事件の不安など、要因は様々だろう。

そんな相談を受けたのが放課後の話。

こういうのは俺よりも、もっと相談に適した人間にしたほうがいい。

「というわけで、水連(すいれん)に意見をもらいたい」

「集中力を高める勉強方法を知りたい、と」

翌日、木曜日の放課後。俺と黒山はこの問題に対処すべく、相談室を訪れていた。

「ああ。前に勉強を教えるのが得意とも話していたからな」

「はっはっは、構わないさ、沙慈(さじ)君が来てくれるなら大歓迎だからね。共に過ごした時間は二人の絆を強くする……。どうする？　今夜、うち来る？　一姫二太郎三茄子(なすび)しちゃう？」

「しない。慣用句を隠語にするな」

そんな俺と水連のやり取りに、横に座る黒山がぽかんとする。

「佐治(さじ)君、敬語使わなくても大丈夫なんですか？」

「水連とは学校とは別のところで関わりがあってな。本人の希望だ」

「なるほど、わかりました」

小声で伝えると、黒山は素直に頷(うなず)いた。

「それで、いい勉強方法だったね。それならとっておきのがいくつかあるよ」

言いつつ、水連は席を立って部屋の奥へ。そこに置かれた様々な器具の中から、ゴルフクラブでも入っていそうな筒状のケースを持って戻ってくる。

「勇者沙慈君、これを進ぜよう」

おどけた水連から差し出されたケースを受け取り、中身を確認。出てきたのは、

「竹刀(しない)、か？」

「昭和のドラマとかで、生徒指導の先生が竹刀を持っているのを見たことないだろうか？　あれの名残(なごり)で、この部屋にあったのさ」

「イメージは湧くが」

鬼教師が朝の校門で遅刻の生徒を煽るために持っているイメージだ。

剣道少女の黒山が竹刀の解説をしてくれる。

「これ、ちゃんと手入れされていますね。状態もよさそうです……というか柄の感じからし

てあまり使われていなさそうで、ほとんど新品ですね」

「それで、俺はこれをどう使えば？」

「竹刀(しない)の使い道なんて一つだろう？」

ふふんと水連(すいれん)が不敵に笑う。

「剣道でしょうか？」と黒山(くろやま)が答えるも、

「残念、暴力さ」

剣道一択だろ。

黒山は例のごとくで苦笑いである。

「竹刀といえば暴力、そして暴力はすべてを解決する」

「暴力で勉強意欲をどう高めるんだ……？」

俺が呆れたように聞くと、

「黒山ちゃんが間違えたら、お仕置きで叩くのさ！」

「嫌だが」

体罰じゃねぇか。令和だぞ。

「もしかして背中よりもお尻ぺんぺんがいいと？　さすがに女の子にそれをするのは沙慈(さじ)君の趣味が心配になるな。もちろん私なら、ハードなプレイでも……、どんな凌辱(りょうじょく)でも受け入れる覚悟だけども」

「部位の問題じゃないし凌辱もしない。そもそも叩きたくないんだが」

「甘い。そうやって甘いことばっかり言うから、最近の若者は学ばないのさ。厳しくするのも優しさ、というわけで体罰しようぜ！」

めちゃくちゃいい笑顔で言ってくるじゃん。何、この暴力への厚い信頼。

「倫理的にまずいだろ」

「確かにちょっと倫理的な問題があるかもしれないけども」

「ちょっとか？」

「背こうぜ、倫理！」

親指を立てて、爽快な笑みが浮かぶ。これがスクールカウンセラーの言葉かよ。

「間違えたら背を叩こう、ちゃんちゃん♪」

幸せなら手を叩こうのリズムで言うな。

仕方がない。暴力がすべてを解決すると言うのなら、俺は数の暴力で対抗しよう。具体的には、黒山側からＮＧを出してもらおう。

「黒山も何か言ってやってくれないか」

「私、剣道をしているので、負けたら竹刀で叩かれるっていう意識があるんですよ」

確かに技を決められたときは竹刀をぶつけられている。

「なので勉強でもそうなるとわかれば、案外うまくいくかもしれません」

すごく真剣な顔で言う黒山。しまった、こいつはバカだった。

というかなんで肯定的なんだ、おかしいだろ。

しつけや調教だぞこれ。……いや、あるいは、

「もしかして叩かれたい願望でもあるのか？」

「なるほどなるほど、保健体育の実技というわけだね」

保健体育はそんな科目じゃない。

「な、なんてことを言うんですか！　ちょっと部活気分を思い出したいだけで、そんな趣味はありません！　二人とも意地悪です！」

顔を真っ赤にして、恥ずかしそうに否定する。

どうやら、変な性癖があるわけではないらしい。そういうことにしておこう。

「まーまーまー、とりあえず一回試してみて、効果を確認すればいいじゃないか」

「やらないが？」

どんだけ体罰したいんだよ。

「私も防具なしで叩かれるのはちょっと……」

「なら私はいったい、どうやって体罰をすればいいのさ!?」

「体罰から離れようぜ？」

「そうだ、いいことを思いついた！　竹刀の先端でぐりぐりする、みたいのはどうだろう？

叩くんじゃなくて、押しつける感じ。これなら防具もいらないし、どうだろう？」

「何度でも言うが、俺はしないからな」

「それぐらいでしたら……、お手柔らかにお願いします」

許可しちゃったよ……。

「さすが黒山ちゃんわかってるぅ！　それじゃあ善は急げだ、早速体罰を始めよう！」

「善は体罰しないだろ」

「黒山ちゃん、準備はいいかい？」

「いつでもどうぞ」

あ、これ話を聞いてもらえない流れだ。

「ではでは椅子に座ってもらって、体罰らしく荒縄で動けないようにしてっと」

言いながら、部屋の奥にあった縄を使って黒山を椅子に固定する。……何やら雲行きが怪しくなってきた。というかなんで荒縄があるんだ？

「黒山ちゃん、何か問題を間違えた風のことを言ってもらってもいいかな？」

「わかりました。間違えるのは得意ですので」

そんなことで胸を張らないでくれ。

「沙慈君には止める役を頼もう。黒山ちゃんも本気で嫌で私が止まらなかったら沙慈君に助けを求めること。いいね？」

逃げ出したかったのだが、役割を与えられてしまった。

何か起こって問題になるのは嫌だし、仕方がない。……仕方がないか？

「よおしやるぞ、3、2、1、ゴー体罰！　……なおこの体罰は両者合意のもとに行われるシミュレーションであり、決して生徒に被害を与えるものではありませんのでご了承ください☆」

水連（すいれん）がペロリと舌を出しておどける。

こうして盛大な予防線が張られ、体罰シミュレーションが始まった。

――――。

「あ、数学の問題を間違えちゃいましたー」

愛想笑いを浮かべ、やや棒読みで言う黒山（くろやま）。

「体罰タイムだ！　へへ、人生で一度は体罰をしてみたかったんだよね」

荒縄で椅子に縛りつけている時点でもう体罰な気がするが。

「くらえ、私の体罰！」

そうして椅子に固定される黒山に、水連が竹刀（しない）を伸ばした。

「ひゃわ!?」と黒山の嬌声（きょうせい）。

「おおうおう、いい声出して、どうかしたかい？」

「ちょ、あの、甕川（みかがわ）先生？　当てる場所、違いますって！」

固定されながらももがき、椅子をがたがたと揺らして抵抗する黒山。

水連の持つ竹刀は、黒山の胸を下から押し上げるようにぷにぷにといじっていた。

「ん、どこに何が当たってるって？　ちゃんと言わないとわからないなぁ、ほーれほーれ」

楽しげな笑みを浮かべて、竹刀をぐりぐりと押しつける水連。わかりやすいぐらいのセクハラだ。

「竹刀が、……胸に、当たってます」

顔を赤らめて恥ずかしそうに黒山が言うと、

「すまない、間違えた」

絶対わざとだろ。

「それにしてもいい弾力してるねぇ。黒山ちゃん、なかなか着やせするタイプだね？」

水連は興味深そうに何度か頷いてから、それを引いた。どこと間違えたんだよ。

「えっと、その、あはは」

俺がいるからか、苦笑いで返答を濁す。

なお、やめてほしいとは言わない黒山だった。

「では改めて、くらえ私の体罰テイク２！」

しゃがみ、水連は竹刀の剣先をスカートに引っかけた。

そしてそれを少しずつ上げて、太ももの露出度合いを上げていく。

「ほれほれ、パンツ見えちゃうぞー？　何色かなー？」

「わ、あの、ダメです、これもダメです！」

黒山は椅子をがたがたと揺らして再び抵抗。

揺れたことでスカートが竹刀の先端からずれ、どうにか逃れる。

「すまない、また間違えた」

絶対わざとだろ。

「何をどう間違えたんですか……？」

顔を赤くしてぜーはーと息を荒らげる黒山。

……それでも、やめてほしいとは言わない黒山だった。

水連はまったく悪びれず、無邪気に笑って体罰再開。

「じゃあ今度こそお仕置きだ！　行け、私の体罰テイク３！」

今度は、水連は剣先を黒山の頬にぐにぐにと押しつけ始めた。

「きた！　ほっぺにジャストミート！」

「いひゃ、いひゃいです、先生」

どうやら今度は正解らしい。……いや、体罰の時点で間違いだが。

「おいおいおいおい、間違えてごめんなさい、だろう？　リピートアフタミー」

「まふぃがえふぇ、ごふぇんなしゃい」

間違えているのは体罰している水連なんだよなぁ。

そうして竹刀を押しつけたまま、すすすと水連が近づいてきて、俺にだけ聞こえるささやき声で言ってきた。

「見てごらん、沙慈君。黒山ちゃんみたいな淑やか系美少女が、固くて棒状のものにほっぺをぷにぷにされている。これは、そそらないか？」

「そそらない」

「剣道部の女の子が竹刀でいじめられるというのは、なかなか雅だと思わないだろうか？　こう、凌辱っぽいというか、エロ漫画っぽいというか」

「思わない」

「代わろうか？」

「代わらない」

「やれやれ、無欲なことだね」

俺がここにいるのは、あくまで監視役としてだ。いくらつまらなそうに言われても、こういったことに加担するつもりはない。

改めて、水連は体罰に戻る。

「さあさあ、よく聞こえなかったぞ？　もう一回ごめんなさいが必要かな？」

「まちがえふぇ、ごめんなひゃい！」

「ごめんなさいが聞こえなーい！」

「ごふぇんなふぁいぃ！」

「よーし、次は間違えるんじゃないぞー。さて次は」

「そこまでだ」

さすがに止める。もう十分だろう。

「……ちぇ、もう終わりかぁ」

水連はつまらなそうに竹刀を引いた。

口元にも押し当てられていたからか、竹刀の剣先には黒山の唾液がついていたようだ。

引かれる剣先と黒山の唇の間に、唾液でアーチがかかり、やがて途切れた。

――――。

こうして体罰シミュレーションが終了。黒山も拘束から解放された。

「どうだろう、黒山ちゃん。効果はありそうかい？」

「やっぱり叩かれないと負けた感は出ませんね。あれだとまるで」

「まるで？」

「……何でもないです」

「なるほど、プレイにしか感じなかったか」

「え、いや、口にはしてなかったですよね!?」

思ってたのかよ。さすが保健体育満点女子。

「はっはっは、黒山ちゃんはむっつりだなぁ。結局沙慈君に助けも求めなかったし、本気で嫌だったわけでもなさそうだし」

「い、いい、嫌でしたけどおっ!?」

頬を赤らめ、動揺したように叫ぶ黒山。声を荒らげるのは珍しい。図星だったのだろうか。

「まあ私は、そんな黒山ちゃんが嫌いじゃないが」

とりあえず居づらいんだが。俺は帰ってもいいかな?

「ちなみに沙慈君的に、これはいい勉強方法になりそうかい?」

「ダメだろ。効率的にも倫理的にも法律的にも」

スリーアウトでチェンジだ。

「よかったです。佐治君がこれをしてくると思うと……うぅ」

この『うぅ』の意味は、詮索しないほうがよさそうだ。

「というか、そう思うなら最初から付き合うなよ」

「甕川先生イチオシだったので、試しもせずに断るのも悪いかと」

黒山、人の良さが出すぎていて、変なツボとか買わされそうだな。

水連は竹刀をしまって席に座り直すと、

「仕方がない、体罰よりいい方法を教えようか」

「そんなものが存在するんですか?」

「そりゃあるだろ」

なんで体罰が暫定トップなんだよ。

「有名なやつだけど、ポモドーロテクニックというのを知っているかな？」

「ぽもどーろ……？　香りの強い整髪料の」

「それはポマード。ポモドーロテクニックというのは、時間管理方法の一つさ」

二十五分間はタスクに集中して、終わったら五分休憩。これを四回繰り返すのを一セット。二十分ほど休憩してから次のセットに入り、合計三セット行う。作業時の集中力が持続するので、勉強効率が非常に良くなるのだ。

時間の都合で一セットしかできないときもあるが、ともかく二十五分の作業と五分の休憩を何度も繰り返すと考えれば概ね間違いではない。俺もよくやっている。

「時間配分を明確にするということですね」

感心する黒山。

「開発者はキッチンタイマーを使っていたらしいけれど、今は専用タイマーが売られていてね」

「そういえば」

言いながら、黒山がスマホを取り出す。

「どうした？」

「私、選択授業が情報なんですけど、この前授業でアプリを作ったんですよ」

「嘘だろ、黒山がアプリを……？」

「なんですか、そのありえないものを見る目は。私でも作れますよ」

「ＡＩに作ってもらったのだろう？」

水漣が苦笑して言うと、黒山がスーッと視線を逸らす。

「いや、でもそのＡＩに指示を出したのは私ですので……」

「どういうことだ？」

「ふっふっふ、水漣先生が説明しよう！」

曰く、選択授業の情報にはＡＩの使い方を学ぶといったような単元があるそうだ。布能高校の情報教師はそれを使ってアプリ開発を課題として出したらしい。

ちなみになぜ水漣が情報の授業のことに詳しいかというと、

「黒山ちゃんから相談されたときに教えてもらったのさ。黒山ちゃん、かなり手間取っていたみたいだったし、中身を見せてもらって、ちょちょっとアドバイスをね」

とのことだ。

「ともかくですね、有村君が『ポモ時計』ってアプリを作ってまして」

黒山が見せてくれたのは、複数の設定ができるタイマーを直列して起動できるアプリ。名前からして、ポモドーロテクニック目的で作られたと考えていいだろう。

「有村君、すごいんですよ。課題だと作るのは一つでよかったのに、すぐ終わったからって他にもいろんなアプリを作っていって」

「有村はアプリを作るのが得意、なのか？」

「そうですね。ＡＩの指示にただ従うだけの私とは違って、内容を理解していろいろと手を加えていましたし」

有村がアプリに詳しい。……少し、嫌なことを聞いてしまったかもしれない。

「ところで、どうして有村の作ったアプリを黒山が持っているんだ？」

「オンライン？の共有ドライブ？に皆が作ったアプリが保存されていて、情報の授業を選択している人は、そこから自分のスマホ？にインストール？ができるんです」

単語の意味は理解していないらしい、たびたび首を傾げながら説明してくれた。なぜスマホで首をかしげたのかは知らない。

「ちなみに黒山はどんなアプリを作ったんだ？」

テストの成績だけじゃどうにもならないものを作っていなければいいのだが。

「私はですね、その、あはは」

乾いた笑いで言い淀む感じから察する。

「黒山ちゃんのアプリは、ちょっとアレだったんだよね」

「動作はしたんですよ。でも、ちょっとした不備がありまして。あ、でも完成はしたので評価は大丈夫です。……最低評価でしたけど」

よかった。筆記でどうにかならないところは対処のしようもない。

その後、水連から音声読み上げソフトの利用や集中力を高める音楽など勉強効率を上げるテクニックを教えてもらい、相談は終わり。

これで黒山の学習効率を維持できればいいのだが、果たして。

*

六月三週目、金曜日の朝。

週明け月曜に行われる辻ドスケベ催眠事件の犯人確保作戦の詳細を確認するため、俺と真友、有村は水連の相談室に集まっていた。

有村への疑惑はあったが、水連が『クライアント抜きで作戦を進めるのはまずいでしょ』と助言をしたので、同席してもらっている。

「集会の時に私の紹介挨拶的な時間を取ってもらったから、そこで真友ちゃんを登壇させて、全校生徒にドスケベ催眠術をかけてもらう算段だ」

「サジも有村も普通に集会に参加しているだけでいい」

真友がドスケベ催眠術を使うには俺が近くにいる必要があるが、とりあえず体育館内にいることが認識できれば距離的には大丈夫とのこと。何かあった時に止められる状態だと安心していることが大事なのだそうだ。

　ということは、俺がすることは何もないらしい。助かるな。

「ちなみに作戦名は『催眠アプリ撲滅（ぼくめつ）作戦』」

「そのネーミングは普通すぎないか？　もっとかっこよく『裁きの白日（ジャッジメント・デイライト）』とかどうだろう」

「そっちは中学生みたい」

　作戦名はどうでもいいので、二人で言い争わせておくとしよう。

　気になるのは、有村の反応だが、

「一つ聞きてェんだがよォ」

　低い声、冷めた表情で割り込んできた。

「その作戦だと全校生徒の前で犯人を晒（さら）し上げるっつうことだよな」

　真友は頷（うなず）いて返す。

「後で個別に呼び出してっつうんじゃダメなのか？」

「できるけど、どうして？　犯人に罪の意識を持ってもらうと言ったのは有村のはず」

「罪は憎むが人を憎むつもりはねェ。公開処刑みてェのはやりすぎだ」

「必要な処置」

「聞く限り、片桐（かたぎり）がしてんのは強引に晒し上げる行為だがな」

「晒されて困ることをしたほうが悪い」

「それで犯人じゃねえヤツが晒されたらどうすんだ。……この前のサジみてェによ」

「ドスケベ催眠術がちゃんと使える状況。するのも罪の意識がある人に自白させるだけ。前みたいなことにはならない」

ヒートアップして、バチバチと言い合う二人。

有村は今回の作戦に強引さを覚えているらしい。

疑念が膨らむ。

有村にドスケベ催眠術が効くことは、四田への聴取の際に確認済だ。

自分が犯人としてつるし上げられないように逃げているのか……？

「まあまあまあ、まあまあまあ、まあまあまあまあまあまあ。落ち着くんだ二人とも」

三々七拍子のリズムで袖をパタパタと揺らしながら、水連が仲裁に入る。

「甕川先生はやりすぎだと思わねェんですか？」

「集会に協力してくれた時点で、水連は賛成のはず」

そこへ真友と有村が視線を送り、暗に、どちらが正しいかの回答を求める。

「私としては……、そうだな」

顎に指を当て、視線を上に逃がして考え込む水連。

やがて、何かを思いついたようにニッと笑い、こちらに顔を向ける。

「沙慈君はどうするのがいいと思う？」

ここで俺に聞くか。

真友と有村もこちらを向き、三人の視線が突き刺さった。

とはいえ、真友のドスケベ催眠術を許可した時点で考えは決まっている。

「俺は真友に同意だ」

「さすがサジ、よくわかってる。これが信頼関係」

「合理的だからだ。誰が危険なのかわからない状況は疑心暗鬼を生むだけだ。わかっていれば、距離を取るなり対処ができて、まだ安心できる」

辻ドスケベ催眠事件は連続性のある事件だ。

次の被害者が自分にならないよう、皆が予防できるようにするためにも危険人物が誰なのか、誰がナイフを持っているのかをはっきりさせておいたほうがいい。

「それに有村は『晒し上げ』と言ったが、別の犯人が現れでもしない限り、真友が事件の犯人扱いされる状況は変わらない」

「そう、私のびしょ濡れ衣を晴らすためにも必要なこと」

「んなことはねェ。犯人は別にいて、事件は解決したと発表すれば」

「普通のヤツならできるかもしれないが、真友は前科持ちだ。信じてもらえるわけがない。先にするべきは、加害者のプライバシーを守ることよりも、被害者の救済だろう。ならば誤解を正すためにも、正しい情報を開示するのは必要な措置だと思うが」

「なるほどなるほど。それでは私も沙慈君に同意するとしよう。すまないね、有村君」

「……わかりました」

水連が賛成に回ったからか、有村は諦めたようにため息を落とす。

こうして作戦会議は終了。

真友は水連と段取りを固めるために残り、俺と有村は相談室を後にした。

あとは月曜日に仕掛けるだけ——。

＊

——第三の事件が起きた。

犯人確保の会議終了後、朝のＨＲ前。例のごとく、机に突っ伏して休んでいた時のことだ。

「あっちぃわ！」

大将の声だった。

何事かと体を起こすと、大将が自らのワイシャツを引きちぎり、上半身裸になっていた。

「大将どうした⁉」「乱心か⁉」「またドスケベ催眠術か⁉」

教室内で、ざわざわと動揺を含んだ声が大きく広がっていく。

水連との打ち合わせを終え、教室に入ってきたばかりなのだろう、真友の姿は入り口付近にあった。驚いたように目を見開き、カバンを持ったまま固まっている。

どうやら真友を見たことで、仕掛けられたドスケベ催眠術が起動してしまったようだ。

そんなドスケベ催眠術師なんて気にも留めず、大将は自らのカバンを漁り、取り出した何かを両手に握る。

「そーりそりそりそりそりそりそり」

ブブブと振動音を発するそれ——二つのバリカンが、大将の頭を滑る。

通り抜けると、黒い塊がごっそりとその場に落ちた。

「大将、……髪が!!」

クラスの男子が動揺を叫ぶ。

「はっはっは、気にするな！　いい加減暑くて邪魔だったのだ。はい、そりそりそりっと」

自らの頭髪を剃り始めた大将に、クラスメイトらはドン引きして距離を取る。

そしてバリカンが走るごとに、大将の頭部が輪郭を変えていく。

なぜだ。注意喚起の連絡をして、これ以上被害は出ないはずなのに。

……いや、考えるのは後だ。

「真友、早くやめさせろ！」

俺の叫びと同時に頷(うなず)くと、真友は髪飾りをキンと弾(はじ)いた。

「ドスケベ催眠四十八手——深々失神(しんしんしっしん)」

直後、拒否反応として、耳鳴りを覚える。

ここ数日、真友がこの技を使うときは触れた相手のみの意識を奪っていた。

しかし今回は速度優先のため、音による全体攻撃。同じ技ながら、違う暗示方法で用いられていた。

抗体のない人々はそれを耳にした瞬間に効果が現れ、バタバタとその場に倒れていく。

「く、卑怯な……」

大将も例にもれず、その場に散らばるチリチリの髪の中心に崩れ落ちる。

手から離れたバリカンのブブブと振動する音だけが、教室に響いていた。

一分にも満たない出来事だった。

こうして突如訪れた第三の事件は、一人の男の髪形のみで被害の拡大を止めた。

月曜日には解決するはずだったのに。

どうしようもないやるせなさが教室に漂う。

しかし、そんなものに時間を費やすのは無駄だ。俺はすぐに、目の前の状況への対処に頭を切り替える。

「このドスケベ催眠術の解除条件は?」

「時間経過。人によるけど、全員五分から十分で解ける」

あくまで大将を止めるためだからか、効果時間は最低限らしい。

月曜にこちらから仕掛けるということもあり、大将が目覚めたらすぐにでも話を聞いておきたい。

しかし、人目があると話しにくいこともある。

このままどこかへ連れて行ってそこで聞くとしよう。

とはいえ、意識のない人を運ぶのは悪目立ちをする。

ならば、意識のない人が運ばれてもおかしくない場所へ連れていけばいい。

「真友は髪を処分してくれ、俺は大将を保健室に連れていく」

「おけ」

後処理をすべく、この場は別行動をすることに。

＊

保健室にて。

ホームルームまで時間もないが、話を聞くため、ベッドで横になる大将の目覚めを待つ。

同じ考えなのか、教室の処理を終えた真友もやってきた。

それとほぼ同時に、大将が目を覚ます。

「ここは……？」

「保健室だ。何があったか、覚えてるか？」

「……あぁ」

答えつつ、大将が頭に手を伸ばす。

そこにあるのはふわふわのドレッドヘアではなく、固い頭皮。

失ったものを確かめるように、大将は指先で頭をじょりじょりと撫でる。

「……大丈夫か？」

神妙に尋ねる。しかし返ってきたのは予想外の反応。

「ふっふっふ、嘘みたいにすっきりしている。ここまで頭が軽いのは数年ぶりだ」

大将が軽々に笑う。窓から差し込む夏の日差しが反射して、色黒の肌がきらりと光った。

「頭つるつる」

真友があまりにも不謹慎なことを言う。

「やめてやれ。こいつは、髪に全力だったんだ」

「構わんさ。暑さゆえにどうにかしないといけないと思っていたのも事実だ。維持に結構な費用もかかっていた、これはこれで元服したみたいで悪くない」

「もはや出家」

真友さん、俺の話聞いてた？

「道鏡のような僧侶でも目指すのもよいな」

「日本三大悪人目指すなよ……」

大将は、今回の犯人へ怒りを見せるようなことはなかった。大物である。

流れで真友が問いかける。

「まだ剃毛（ていもう）欲求はある？」

「いや、毛髪に対する怒りは毛ほどもない。ついでに毛もない、はっはっは」

酷（ひど）い自虐のジョークだった。

一度意識が途切れたからだろう、既にドスケベ催眠術は解けていた。

続けて、真友が大将にこれまでの被害者同様の質問――ドスケベ催眠術をかけられた記憶の有無、髪を剃り始める精神状態になったきっかけ、変な動画を見たかどうか――を尋ねる。

大将の回答は高麗川（こまがわ）と同じ。

ドスケベ催眠術をかけられた記憶はない、剃毛衝動が込み上げてきたのは真友を見たから。

動画についても内容は覚えていないが、見た、という記憶はあるらしい。

なお動画を見たのは昨晩だろうとのこと。ただしメールの受信は高麗川と同じころだそうだ。

生徒会からの通達で動画を見ないようにという指示があったことは知っており、どうして過去のメールからそれを見つけ出して、わざわざ見てしまったのかはわからないという。また例のごとく動画はリンクが切れており、見ることはできなかった。

バリカンを持っていた理由については、偶然にも野球部の友人に譲るつもりで持ってきていたのだとか。真友曰く、もしバリカンがなかったらはさみで断髪していただろう、とのことだ。

とまあ、これまでの犯人と同じ手口とわかるだけで、新たに得られた情報はなかった。

むしろ、別のことが気になった。

「大将、真友のことは平気なのか？」

少し前まで恐怖を感じているようだったが、今は普通に話している。

大将は視線を落とすと、

「我はまだ、片桐が恐ろしい。体の自由を奪われ、のたうち回されたのを覚えている。魑魅魍魎の類と思うこともある」

しかし、と続ける。

「衝動に駆られて髪を剃っていたときのことを覚えている。我を鎮めてくれたのは片桐だった。……確かに髪はこうしてなくなった」

パチン、と。大将は自身の坊主頭を叩き、小気味のいい音を響かせる。

それからベッドサイドに置かれたメガネをかけ直し、真友をしっかりと見据えた。

顔に浮かぶのは、穏やかな笑み。

「だが、今回は助けてくれた。そんな相手を悪く言うような心は持ち合わせておらんよ。感謝する、片桐」

大将の頭が下がる。

「どういたしまして」

真友は、淡々と受け止めた。

しかし視線は明後日のほうを向いており、どこかむず痒さを覚えているような、そんな風にも見えた。

「思えば、あの時体の自由を奪ったあれは、サジの濡れ衣を晴らすためだったのだな。あれがなければ、我はきっと、サジを恐ろしいものだと思ったままだっただろう」

「いいや、あれは、悪いのは私。その節はごめん」

真友が過去のことをしっかりと詫びる。

以前、高麗川が言っていた。

互いがリスペクトしあえれば、真友と仲良くなれる、と。

それが、ここにあった。

「あの時のお詫びじゃないけど、犯人、捕まえるから」

「うむ、よろしく頼むぞ」

予鈴が鳴る。

「さて、教室へ行こうか。こんなことで遅刻にはなりたくない」

言いながら髪を弄ろうとして、その手は虚空をすり抜けた。

坊主になった件について、大将がクラスメイトらに「衝動が止まらなくなってしまったところを片桐が止めてくれた」「犯人が捕まるまで特定の誰かを悪く言うべきではないだろう」と主張したことで、一応は事態の収束を見せた。

しかし、被害の拡大を止めた立て役者ながら、大将や高麗川のように事情を知る人以外から真友が感謝されることはなく。

むしろ、自分で事件を起こして自分で解決して、いい人アピールをしていると噂も立つ始末。

真友の立場はなかなかに厳しいものであることに変わりはないのだった。

余談だが、真友によると大将に使われたドスケベ催眠術は、『賢者必衰』。

その効果は以前も聞いた通り、『焼きが回る』。だから大将は自らの髪に対して、暑さゆえにやってられるかとなり、剃毛したのではないかとのことだ。ここ数日、大将は暑さに耐えかねているようだったし、服を脱ぎ捨てていたのもその証左だろう。

ところで、ここまでくると平助物語四つ目の技『諸行無情』についても使われそうなものだが、効果からすると使ったところで、だ。

だが、平家物語の冒頭風のネーミングの技が三つだけ使われて終わりというのは、収まりが悪いように思える。……いや、何も起きないのが一番なのだが。

*

大将の髪形があんなことになったからだろうか。

午前の授業には集中しきれず、月曜日には判明すると知りつつも、今回の犯人について想像していた。

犯人は最低でも二つの条件を満たしている必要がある。

その一、被害者三人にメールを送れること。

被害者全員が謎の動画のリンク付きのメールを受け取っている以上、連絡先の情報が必要だ。とはいえ三人ともそれなりに顔が広いので、知っている人は多いだろう。

その二、一定以上のパソコンスキルがあること。

匿名(とくめい)でのメール送付や催眠動画の作成などからして、犯人はある程度のパソコンスキルを有しているはずだ。

……やはり、有村(ありむら)なのだろうか。

生徒会という立場から全生徒の連絡先は知っているし、アプリ製作に詳しいという話もある。

事件の解決を望みながらも、犯人を白日の下に晒(さら)すのにも消極的だった。

仮に有村がやったとして、動機はあるだろうか。

こじつけは、いくらでもできる。

真友に恨みがある、みたいなことであれば、治安維持的な立場から邪魔だったから。

被害者に何かをするのが目的だったなら、テストの順位なんかが考えられる。学年一番になるために四田を陥れ、他の有力な生徒に危害を加えたという可能性。

以前、『何をしようが、勝ったら嬉しい』とも言っていた。

とはいえ、あくまで犯人たりえるというだけ。

確定じゃない。

しかし、真友には伝えておくとしよう。

集会で何をするかも伝えてしまっている以上、そちらでも妨害工作があるかもしれない。

『有村が犯人かもしれない。集会まで、気をつけろ』

休み時間にメッセージを送ると、すぐに返事が来た。

『大丈夫、有村にドスケベ催眠術が効くのは確認済み。襲われたところで負けることはない』

……これ、盛大な負けフラグじゃないか？

＊

しかしそんな心配は杞憂に終わり、時間はつつがなく過ぎていった。

放課後は黒山と勉強。

土日も学校で勉強、進捗度合いが半分弱ほどまで進む。このペースだとぎりぎり間に合うかどうかといったところ。

そして、月曜日がやってきた。

5章　鬼ごっこ

月曜日。ちょうどテストの一週間前。

体育館に全校生徒がクラス別の出席番号順に並ばされ、集会の開始を待っている。

俺たちの仕組んだ、辻ドスケベ催眠事件の犯人炙(あぶ)り出(だ)しが始まろうとしていた。

六月も四週目。時季的には梅雨も明けて夏真っ盛り。体育館は熱気に満ちており、誰もが早く終わってほしい様子。

俺も汗で髪が張り付いている。これが暑さとこれから起こることへの緊張のどちらから染み出たものかはわからない。

定刻となり、これから集会が始まるから静かにするようにと放送が入った。

ざわめきが収まり、司会の教員が粛々と集会を進めていく。

やがて二学期から始まる学生相談制度の説明とその担当者を紹介するとして、水連(すいれん)がステージに立った。

水連が美人だったからか、おぉ、と体育館がどよめく。

「おはようございます。相談室の甕川(みかがわ)です」

人前だからか、俺といるときに見せるテンションの高さは鳴りを潜め、水連はまるで落ち着きのある大人の女性のように穏やかな声色をしていた。

自己紹介と学生相談制度の説明を簡単に済ませた後、水連が切り込む。

「ところで、皆さんはここ数日、学内を騒がしている辻ドスケベ催眠事件についてご存じでしょうか？」

情報の齟齬が起きないように辻ドスケベ催眠事件――ここ数日発生している異常事態の概要が伝えられる。

「現在、私のところにもこの件について多くの相談が入っています。誰かに相談はしないけれど、不安を覚えている人も多いでしょう。ですので先んじて、私のほうからこの事件について、お話ししたいと思います」

このタイミングで真友が舞台袖から歩いてきて、水連の横に立つ。

「現在、この事態の原因と目されているのが彼女、二年一組の片桐真友という女生徒です」

犯人の大本命が出てきたことで、体育館内がざわつき始める。教師たちは、生徒たちに静かにするよう促す者やこんな手順だったかと慌てる者とで動きが割れる。

そんな様子を気にすることもなく、真友が俺のほうを向いてOKと小さくハンドサイン。距離はあるが、ドスケベ催眠術が問題なく使えることを伝えてきた。

「彼女は以前、同様の事件を起こしたとして、多くの生徒から邪険にされています。が、彼女は今回の件の加害者ではありません。ここで、その証拠をお見せしたいと思います」

話を区切った水連は、壇上で真友と位置を変える。

直後、真友はマイクを指で弾いた。

キィン、とノイズが響き渡る。

これは、ただの音だ。

しかし全ての視線が壇上に集まり、やがて沈黙が体育館を支配する。

そのタイミングを逃さんとばかりに、真友の髪飾りが、キン、と涼やかな音を鳴らした。

全身に鳥肌が走る。ドスケベ催眠術への拒絶反応だ。

「ドスケベ催眠四十八手！　――良心照明！」

マイクを使うことなく、真友の平淡とした大きな声が体育館に響き渡る。

「辻ドスケベ催眠事件の犯人は立って、壇上まで来て」

間髪入れず、今度はマイク越しにそう呼びかけた。

何を言っているんだとでも言わんばかりに、体育館が再びざわつき始める。

普通に考えて、そんなことを言われて馬鹿正直に従う犯人はいない。

しかし、ドスケベ催眠術の前にそんな普通は通じない。

良心照明。受けた人の良心を最大限に増幅させるドスケベ催眠術だ。もしも悪いことをした自覚があるならば、悪事を問われた瞬間に良心の呵責を引き起こす。

「はい」

効果を示すように、ざわめきの中、女生徒の声が響いた。

穏やかで、普段から発声練習をしているような、通りのいい声だった。

驚くような視線が一斉に注がれる。

一瞬、俺は安堵(あんど)のため息を落とす。

よかった、有村(ありむら)じゃなかったみたいだ。

疑念が間違っていて、よかった。

しかし、その安堵はすぐに消え去る。

静かに歩く女生徒の姿に、見覚えがあったから。

……ありえない。

やがてそいつがステージに立つと、真友(まとも)がマイク越しに問いかけた。

「名前を聞かせて?」

女生徒は間を置くと、柔らかい声色で言う。

「二年三組の黒山未代(くろやまみよ)です。……私が、やりました」

壇上は遠く、疲れてぼやけた俺の視界に、黒山の表情は映らない。

しかしそこには、いつもの申し訳なさそうな苦笑いが、見えた気がした。

*

集会後、多目的室にて。

本来なら一限の授業時間だが、事態の大きさから関係者らが特別に集められ、聴取が行われることになった。

当事者の黒山は前方の教壇に。対して学校へ報告する資料を作るための有村、被害者の四田・高麗川・大将、解決の功労者である真友とその協力者の俺はまばらに。集会で勝手をしたことの報告を命令された水連は教室後方の全体を見渡せる位置に座っている。

話は顚末の報告を任された有村によって進められた。

「んじゃ、黒山。詳細を聞かせてもらおうか」

「はい。……あはは、なんだか、緊張しますね」

こんな時でも、黒山は困ったように笑った。

やがて、意を決したように、

「まずは皆さん、ごめんなさい！」

黒山が勢いよく頭を下げる。

「謝罪の時間じゃねェ。さっきも言ったろ、経緯を話せ」

有村の口調は鋭く、刑事の取り調べを彷彿させた。

黒山は逡巡を見せてから弱々しく言葉を紡ぐ。

「偶然、だったんです」

それから黒山が語ったのは、信じがたい内容だった。

始まりは情報の授業でのＡＩを活用したアプリ開発。

黒山は他人にメッセージを送るアプリを作ることにしたらしい。

開発は難航したが、優秀なＡＩの力や多くの人の助言を得て、どうにか形にしたそうだ。

そして動作テストとして、同じく情報の授業を選択していた四田にメッセージを送ってみたのだという。

しかし、うまく動作しなかった。送付元が匿名となり、謎のＵＲＬが届くだけだった。後日、四田からそのＵＲＬで動画を見れたという報告もあったが、メッセージアプリとしては欠陥品、ポンコツだった。

その数日後、四田がビンズった。

当初、黒山は真友がやったと思っていた。

しかし俺が、真友はしていないと否定したことで、四田が見た動画の影響かもしれないと微かに疑念を抱いたそうだ。

自分のせいではない確証が欲しくて自分に動画を送ってみるも開けず、黒山は端末によって開けたり開けなかったりすると考えた。

そこで他数名にもアプリを通じてメッセージを送付し、確かめてみたのだという。

結果、大将と高麗川（こまがわ）が被害者になった。そのためメールを送ったが被害に遭（あ）っていない人も複数いるのだとか。なおメールした人数に対して被害者が三人しかいない点については、

「そもそも動画を見なかったか、あるいは見たけど環境が合わなかった。スマホの画面の明るさや周囲の音とかがうまく条件にマッチした人だけが、被害者になった」

と、真友が解説する。さすがドスケベ催眠術の有識者である。

だが、わからないこともあるらしい。

「私の姿を見たら発動する条件が設定されていたのはなんで？」

「それは、なんででしょうね？」

苦笑いで首を傾（かし）げる黒山。

ドスケベ催眠術がかかっているので、今の黒山が嘘をつくはずがない。

そう考えたのか、真友は呟く。

「偶然……？」

平助（へいすけ）物語の効果がついたのも、現在動画を見ることができないのも、理由はよくわからない。

信じがたいが、黒山からそれ以外の回答は出てこない。

「私がやったことは以上です。この度は申し訳ありませんでした！」

再び黒山が頭を下げる。

真友に罪をかぶせてやりたい放題する悪人とか、被害者らに恨みがある人とか、愉快犯とか。

そんな犯人像を想定していたからか、皆反応に困る。

「つまりよォ、これは不幸な事故だったってことでいいのか？」

「そうだと、私は思っています。本当に、すみませんでした！」

何度も深々と頭を下げる黒山に、有村は困ったように被害者らへ視線を送る。

「あたしは何かしらの責任は取るべきだと思うけど、事故だから責任取らせても、なのよね」

「だが、我の頭もこのざまだ。本音を言えば許しがたい」

「四田は、真なる自分に気づかせてくれて、感謝感激アメイジング・グレイス」

被害者たちの反応はそれぞれだ。過失はあれど事故を起こしただけと捉えるか、悪意がなくても加害者には違いないと考えるか。なぜか一番被害の大きそうなヤツは感謝しているが。

「わりィが、オレの役目は調査と対処と再発防止の報告だ。そもそも罰する立場じゃねェ」

被害者たちの言葉を一蹴してから、有村は黒山に向き直る。

「まあ原因はわかった。まずは対処としてそのアプリを削除しろ。構わねェな？」

「はい」

スマホを取り出した黒山は、皆の前でアプリをアンインストール。

そこへ水連が助言する。

「情報の授業で作ったものなら、共有ドライブにもデータが残っているはずだ。そっちも削除するべきだろう。課題的な意味合いもあるだろうから情報の先生には私から説明しておくよ」

こうして大元のデータもしっかり削除され、催眠アプリが完全に消失する。

その後、有村は俺と真友に目を向ける。

「片桐よォ。ドスケベ催眠術っつうのは、今後催眠アプリを二度と使えねェようにする、みてェなこともできんのか？」

「できる」

「んじゃ、後でやってくれ。これで再発防止にはなんだろ」

「わかった。サジ、後でよろしく」

「あぁ」

「つっても、ドスケベ催眠術でもう悪さできないようにしました、じゃ報告にならねェ。心を入れ替えたってことにすっから、黒山は反省文を書け。いいな？」

「わかりました」

黒山が頷き、名実合わせて二種類の再発防止策が講じられる。

「んじゃ、あとの報告はオレのほうでやっとく。この件はここまで、解散だ。……ふぃー、やっと終わったぜ」

煮え切らない空気を払うようにパンパンと手を叩き、有村がその場を締めくくった。

その後、黒山は真友に『無期超疫』というドスケベ催眠術をかけられ、アプリの使用が禁じられる。特定の行動を意図的にできなくする技で、解除条件は真友から同じドスケベ催眠術を受けること。解除されることは、おそらくないだろう。

報告を受けた学校側からの処分は、比較的軽いものだった。

まずは部活動への復帰が禁止。そして一部課外活動への参加の強制。

軽いといっても、部活復帰のために成績不良者を脱しようとしていた黒山にとっては、厳しい結果となった。

ちなみに集会で勝手をやった水連は、大変な事件の解決の一助をするためだったとして、厳重注意という処分で落ち着いたらしい。

*

午前の授業が終わって昼休み。

自席で鯖缶を食べていたら、隣席の真友を囲うようにクラスの何人かが集まった。

この人だかり、転校初日を思い出す。

しかし当時と違い、ピリついた空気感が漂っている。

「あんたたち、真友に何の用よ?」

人込みの内側から高麗川の苛立ったような声がした。

ずっと真友を避けてきた人たちが急に取り囲んできたのだ、この反応も無理はない。

「何？」

改めて、真友が淡々と問う。

沈黙を破ったのは、優雅な声だった。

「ごめんなさいですの！」

「……うん？」

突然の謝罪に、真友が疑問形で反応する。

それはなだれ込むように続いた。

「私もごめんなさい、ずっと疑っちゃって」「今回、事件解決してくれたんだよね」「片桐さんはドスケベ催眠術師でもいいドスケベ催眠術師だったんだね！」「ありがとうドスケベ催眠術師」「ドスケベ探偵だ！」「どんな危険な力も使い方次第だな」

投げかけられる賛辞と感謝。

「……そういうのじゃない」

予想外の言葉の雨に、真友は照れくさそうに視線を逃がした。

「そうなの！　真友はすごくて優しくていい子なんだから！」

好機と見たのだろう。高麗川が嬉しそうに真友の善性をアピールする。

辻ドスケベ催眠事件を解決したことで、株が上がったらしい。

とはいえそれを遠巻きに見て近寄らない人もいる。万人に受け入れられたわけではない。

だが、確実に境遇は変わった。

「早くご飯食べたい」

「仲直りもかねて、一緒に食べませんこと?」

「いいよ」

「私も一緒していい?」

「あ、あたしはいつも一緒だから! 今日は部室に行くのはなしね!」

誰も来ない部室で真昼間が一人悲しんでいる様子が頭に浮かんだが、まあいいか。

やたら盛り上がるものだから、隣席の俺が邪魔者みたいな感じになる。

楽しいランチタイムが始まる前に食事を終え、俺は教室を後にした。

こうして漁夫の利と言うべきか、今回のことで真友はクラスの人に受け入れられ始めた。

前回、俺が真友にやらせた役目を——泣いた赤鬼における青鬼の役柄を、奇しくも黒山が担ってしまったわけだ。

*

廊下を歩き、図書室へ。

今日の真友はヒーローだ。その隣席は授業が始まるまで誰かが使うだろう。

予鈴が鳴るまでここで休むとしよう。

図書室の空気はいつもと変わらない。

テスト前ではあるが、昼休みになったばかりなので人の姿はほとんどない。

そのはずなのだが、

「あはは……、今朝ぶりですね、佐治君」

いつもの学習スペース最奥を訪れると、そこには今朝、ドスケベ催眠爆弾として全生徒から避けられることになった、鬼役を引き継いだ女生徒、黒山末代の姿。

彼女は普段俺が使っているスペースに腰かけ、テスト勉強にいそしんでいた。

ぐう、と。

そんな、空腹を主張する音ともに。

赤鬼のために悪者となった青鬼は物語の後で、いったいどうなったのだろう。

6章　幸せなエピローグの向こう側

せっかくなので一緒に勉強をすることになり、俺と黒山はテスト対策部の部室へ移動した。

しかし黒山は昼食がまだだったので、先に食事を済まさせることに。

「ありがとうございます、佐治君」

おいしそうに弁当をぱくつきながら黒山が感謝する。

まあそうでもなければ、あそこまで盛大に腹の虫は主張しないだろうし、俺より早く図書室の学習スペース最奥を陣取れることもないだろうが。

「勉強のことなら気にするな。どうせ放課後もするんだ、その分のタスクが減るから総合的に見れば、こちらの手間は変わらない」

「そうではなくてですね」

箸を置き、目を伏して黒山が言葉を濁す。

沈黙の間、空調の低い音だけが響く。

何を言いたいのかはわかる。

昼食を後回しにして学習スペースに向かったのも、そのあたりが理由だろう。

「催眠アプリの件は災難だったな」

「あはは……、事故とはいえ、自業自得ですから」

苦笑いを浮かべると、黒山は食事を再開しながら、ぽつりぽつりと言葉を紡ぐ。

聞くまでもなかったが、彼女は教室で腫れ物のような扱いを受けているらしい。

とはいえ、酷く揶揄されるということもなかったそうだ。あくまで偶然の事故で、事故なら仕方がないと割り切れる分別が、周囲の生徒らに備わっていたからだろう。

しかし、受け入れられるかは別の話。

悪く言ってしまえば、四田も大将も高麗川も、全員が彼女に連絡先を知られていたから被害を受けてしまっている。

これまで通りの付き合いを続けていたら、次にドスケベ催眠事故に巻き込まれるのは自分かもしれない。周囲にそういった認識が生まれてしまったのだろう。

「……佐治君は、私のことが怖くないんですか？」

真友が二代目ドスケベ催眠術師であることやドスケベ催眠テロを引き起こした話は学年中に知れ渡っているが、俺については父親がドスケベ催眠術師なだけの一般人という情報が広まっており、催眠術が効かない体質については特に触れられていない。まあ、ドスケベ催眠術を使える人以外からすればどうでもいいことだしな。

「催眠術が効かない体質なんだ。抗体があるみたいでな」

「……そういう人もいるんですね」

気が緩んだのか、黒山の表情が柔らかくなる。

迷惑をかけることがないと安堵しているのかもしれない。

「まあ黒山は悪意があってあんなことをしたわけじゃない。しばらく何もなければ、元に戻るだろうさ。人の噂も七十五日、というやつだ」

「ありがとうございます」

慰めたつもりはない。

意気消沈してテスト勉強へのモチベーションが下がっても困る。

俺にとって黒山は。

黒山は……。

『水連にかかる催眠術解除のための道具』

湧いてきた答えに躊躇いを覚えた。

なんだろうか、これは。

元々そのために引き受けたテスト対策部なのに、俺は黒山に別の何かを見出しているのか？

「でも、少しだけすっきりしました」

思案する俺にかけられたのは、意外な言葉。

「すっきり？」

「四田君があんなことになって、高麗川さんや大将君にも被害が出て、いっぱいいっぱいだったんです。もう隠そうとしなくていいと言いますか、焦りがなくなったと言いますか、ちゃんと謝れたと言いますか。……片桐さんには、感謝しないといけませんね」

驚いたことに、黒山は本当に清々としたような表情をしていた。

「お人好しだな」

「いいえ。不器用で、頭が悪くて、いろんな人に迷惑をかけた、ただの悪い子です」

謙遜するが、そんなことはないだろう。

自らの行いに心を痛め、自らの罪を暴いた相手に感謝できる人間が、悪人であるはずがない。

「むしろお人好しは佐治君のほうですよ」

「俺が?」

そんなことを言われたのは初めてだった。

「だって、みんなから避けられる私にこうして勉強を教えようなんて思わないじゃないですか」

「勘違いするな。催眠アプリとテスト対策部は違う話だ」

水連にかかる催眠術を解くのに必要な『俺の成長』を示すのに、黒山が催眠アプリで混乱をもたらしたというのは何も関係がないからな。俺が引く理由にはならない。

「合理的に考えて、それで黒山を見捨てるのはおかしいだろう」

「では、佐治君のその合理性に感謝ですね」

――。

いつか、こんな会話をしたことがあった。

当時は俺が感謝をする側で、その先には尊敬する人がいた。

そんなことを、今更ながらに思い出す。

あのとき、彼女は俺にある提案をしたはずだ。

それは確か……。

──。


「あの、……もしよければ、昼休みも対策部の活動ってできませんか？」

恐る恐るといったような黒山の言葉で、現実に引き戻される。

あぁ、と相槌を打ちながら思考をまとめる。

都合はいい。日曜日の時点で黒山の学習状況は目標の半分程度だし、この調子じゃしばらく学習効率は落ちるだろう。より多くの時間を費やせるのは悪くない。

「わかった、そうしよう」

「ありがとうございます」

俺の返答に、黒山がほぅと安堵のため息を落とした。

テスト勉強の時間を増やしたいというよりも、風化するまでの時間を落ち着いて過ごせる場所を求めて、というのが本音だろう。

こうしてテスト対策部の活動は昼休みも行われることになった。

予鈴が鳴るまで勉強が行われ、昼の活動が終了。続きは放課後に持ち越される。

学校のルールに従い、カギの返却は借りた俺がすることに。

一人、茹りそうな暑さの中、職員室まで歩きながら考える。

今回の件は、本当に黒山が悪いのだろうか。

疑問が湧くのは、合理的じゃないからだ。

体育館でステージに立つ黒山を見てから、ずっと思っていた。

偶然、催眠アプリを開発して。

偶然、平助物語と呼ばれる古いドスケベ催眠術の効果を発動させて。

偶然、真友を見たら発動する開始条件が設定されて。

黒山が今回の事故を起こすには、これらの偶然が一致しなければいけない。

無限の猿の定理というものがある。キーボードを叩き続ければ、いつかシェイクスピアの作品を書ける、という定理だ。

確かに可能性は、ゼロじゃない。

だが、実現するだろうか。

自白はある。ドスケベ催眠術をかけられているので、黒山からすれば真実なのだろう。

しかし、それが事実だと信じられるほど、俺は黒山の頭を信じちゃいない。

勉強に付き合ったから、よくわかっている。

あいつは、すごくバカだ。頭が悪い。

いくらＡＩの補助があったにしても、いくら人の助言を受けようと、催眠アプリのような革新的技術の産物を作れるとは思えない。

……もう少し、調べてみよう。

黒山(くろやま)のためじゃない。

疑念を放置しておくのが気持ち悪いから、ただ納得したいだけ。

きっと誰も幸せにはなれない、合理主義者の自己満足だ。

＊

放課後。

まずは、黒山が作ったのが本当に催眠アプリだったのか、確認するところから始める。

勉強を始める前に尋ねてみた。

「黒山が作ったのは、本当に催眠アプリだったのか？」

「前後関係から考えて、間違いはないかと」

黒山が作成したアプリを通じて連絡を取った相手に謎の動画が送られて、それを見た人間が何かしらのドスケベ催眠術にかかったから、自分が犯人だと言いたいのだろう。

だが、果たしてそこに因果関係はあるだろうか。

アプリの使用は、果たしてドスケベ催眠術につながるだろうか。

調べるのに、最も確実な手段は、

「例のアプリ、実際に見られたりしないか？」

「佐治君、朝の削除された現場にいましたよね？」

「バックアップが残っていないかと思ってな」

俺の問いに、黒山はやや後ろめたそうに、

「……実は、あります」

四田に続いて高麗川が被害を受けたことで、誰かに検証してもらおうと考えたらしい。添付ファイルとして送りやすいようにローカルファイルとして保存しておいたそうだ。

「今日帰ったら削除するつもりでしたが」

「もう一度インストールしてもらえないか」

無理な要求だとはわかっている。

黒山からすれば、もう終わりにしたいことだとも。

しかし、ここで証拠を消すわけにはいかない。

「信じられないんだ。黒山が催眠アプリなんてすごいものを作ったことが。だから、それが本物なのか確認したいんだ」

「私がやっていないと信じてくれるんですか?」

「あぁ」

「佐治君……」

嬉しそうに、口元が小さくゆがむ。しかし、すぐに何かに気がついたようにジト目になり、

「それ、しれっと私の頭が悪いって言ってますよね?」

「否定はしない」

「事実ですけど、酷いです」

「あぁ、知ってる。知ってるんだよ、お前にそんなことができる知能はないって」

「バカだから犯人じゃないって、なんでしょうこの、嬉しいような悲しいような、むむむ……」

複雑そうに黒山は唸った。

「ま、結局は俺が納得したいだけだ。テスト対策部の報酬のようなものだとでも思ってくれ」

「……それを言うのが、一番ずるいです」

黒山は諦めたようにため息をついてから、

「少し待っててください」

スマホでどこかに連絡を取り始めた。おそらくは家族だろう。

「あ、恭平君ですか? 末代です。ちょっとパソコンを見てほしいのですが、いえ、検索履

歴削除ではありません。そういうのは自分のスマホでってそうではなくて、デスクトップに変なフォルダはないですか？　私が授業で作った催眠アプリなのですが」

　口調などからして、相手は弟だろうか。よく家族に催眠アプリを開発したとか話せるな。無垢の怪物かよ。

「それらしきものを見つけましたか？　ありがとうございます。ではお手数ですが、私のスマホまで送ってもらってもいいですか？　何に使うか？　友人の男の子にプレゼントです。催眠アプリに興味があるそうで。その男ヤバいヤツだって？　そんなことはありません、佐治君はとてもいい人です。え、いい人は催眠アプリに興味を持たない？」

　黒山家で佐治という人間が催眠アプリを欲する変態になってしまったが、会うこともない相手に何を思われようが問題はないのでスルーするとしよう。

「はい、とにかく催眠アプリを私に送っておいてください。頼みましたからね。いつもの時間に帰るとお母さんにも伝えておいてください。それでは」

　通話を切ってため息。それから俺に向き直ると、

「お待たせしました、佐治君。少ししたら、送られてくると思います」

「わかった」

　通話の内容には、あまり触れないことにした。

勉強を進めることしばらく。

黒山のスマホがピロリと通知を告げた。

「届いたみたいです」

「早速、再インストールしてみてくれ」

「はい、それでは……、あれ？」

カタン、と。黒山がスマホを落とした。

先ほどまでスマホを持っていた右手はカタカタと震えている。

「どうした？」

「すいません、このアプリを入れようとすると、急に手がうずいて、あれ」

またしてもスマホが手から滑り落ちる。

真友のかけた、ドスケベ催眠術の影響だろう。

さすがに、無理はさせられないな。

「スマホに入れなくていい。俺に転送してくれないか？」

「わ、わかりました」

今度はスマホを落とすことなく、データが俺のスマホに送られた。

インストールする前に、アプリを構成する中身に目を通してみる。

アルファベットと数字の羅列がびっしりと表示された。一つ一つを見れば、Ｆｕｎｃｔｉｏｎ

やｐｒｏｔｏｔｙｐｅのように知っている英単語だが、わかるのはそのぐらい。

……。

「何か、わかりましたか？」

「偉そうにデータをもらっておいてなんだが、さっぱりわからない」

アプリの動作に関する知識がない俺が見ても無駄だな、これは。

「あはは……、授業を受けていないとさすがの佐治君でも難しいですよね。受けていた私でさえどうしてこれで催眠アプリになっているのか、まったくわかっていませんし」

黒山も弱々しく苦笑い。

「いや、少しぐらいはわかっていてほしいんだが」

ともあれ、わからないものはわかる人、専門家に聞くのが最短だ。

普通に考えれば情報担当の教員、あるいは有村や四田のように授業内容をちゃんと理解しているであろう人間だ。しかし、もう解決したと思われる事件の凶器の調査を頼むのは事件が終わっていないと誤解をさせそうで避けたい。

他にいないだろうか。アプリに詳しくて深く事情を聴いてこなさそうな人。

そういえば、真昼間が趣味で齧ったと言っていたな。

早速、メッセージで連絡を取ってみる。

『今、いいか？』と。

『大丈夫です。なんでしょうか？』

数秒で返事が来た。早いな。

『スマホアプリを見てもらいたい。友人が情報の授業で作ったものなんだが、ちゃんと動作するか確認したくてな』

俺がこうして動いているのは表沙汰にしたくないので、催眠アプリのことは黙っておいた。

『わかりました。どこまでできるかわかりませんが、とりあえず見てみます。送ってもらっていいですか？』

話がまとまったので、早速黒山からもらったファイルをそのまま転送する。

あとはしばらく待つだけだ。

さて。

ただ待つだけというのももったいないので、結果が出るまでにできることをしておこう。

「これ、使い方を教えてもらってもいいか？」

「それはちょっと……」

今朝、ドスケベ催眠術で自首したばかりだ。躊躇う気持ちはわかる。

「待ってろ」

俺は勉強で使っていたルーズリーフを取り出し、手書きでそれを作成する。

『私、佐治沙慈はこの度黒山未代が作成した催眠アプリを自らに使うことを許諾し、それに応じて発生するあらゆる被害の責任を負い、黒山未代に不都合を起こさないことをここに誓約いたします。　佐治沙慈』

「誓約書だ。何かあっても全部俺の自己責任だから気にするな」

と伝えても、難しい表情は変わらず。……あんまりこういう言い方はしたくないが、

「ここで俺にかけないと、このデータがあることを他の人に知らしめる」

「……佐治君は、悪い人ですよね」

脅迫じみた――というか露骨な脅迫に、黒山は小さくため息を落とした。

「えっと、見やすい位置に移動しますね」

黒山は俺の真横、肩を寄せるような距離にイスごと移動してくる。彼女が腰を下ろした瞬間、甘い香りが鼻をくすぐった。

アプリをインストールした後、黒山に使い方のレクチャーを受ける。

その使い方はいたってシンプル。

事前に作成しておいた宛名と定型文をリストから選んで送信ボタンを押す。それだけで、メッセージを送付することができる。

宛名はアプリをインストールしたスマホに登録されている連絡先とリンクしている。

　定型文は自分でパターンを作成可能。今はデフォルトの『おはようございます』『こんにちは』『おやすみなさい』『あはは……』の四つだけが登録されている。最後のはいつ使うんだ。

　早速、使ってみることに。

　宛名の中から自分の連絡先を選び、『あはは……』の定型文を選択して送信ボタンをタップ。画面に『送信できました』という文字列が表示される。

　これで催眠アプリ（仮）から自分のメールアドレスにメッセージを送れたことになる。

　催眠アプリ（仮）を閉じ、メールボックスを確認する。

　早速、件（くだん）のメールが届いていた。

　開いてみると、これまでの被害者らが受け取ったものと同じく、変なＵＲＬのみが記載されている。

「気をつけてくださいね」

「少し離れていろ」

　黒山（くろやま）が部屋の隅まで移動して距離をとったところで、俺はそのＵＲＬを開く。

　しかし、動画は見られなかった。あるのは『このサイトにアクセスできません』という表示のみで、何度更新しても変化はない。

「佐治（さじ）君、大丈夫ですか？」

「……あぁ、何ともない」

言葉に嘘はない、そもそも動画を見られていないのだから。

その後、催眠アプリ（仮）から別の定型文でメッセージを送ってみたりと、他にも色々と試してみたが、結果は変わらず。

黒山もそうだったらしいし、スマホの機種によって見れたり見れなかったりするのだろうか。

＊

その夜、テスト勉強をしていると真昼間からメールがあった。

今から電話してもいいか、とのことなので了承すると、すぐに着信が入る。

「もしもし」

『あ、こんばんは。えっと、あのアプリの件で報告です』

まあそれしかないよな。真昼間は早速本題に入った。

『け、結論から言いますと、ただの情報送信アプリでした。宛名と定型文をリストから選ぶだけで、メッセージが送れるというもの……、を作りたかったんだと思います。実際は、何を送っても特定のＵＲＬが送られるだけのものでした』

つまりどのメッセージを選択しても、同じリンク――あの変なＵＲＬが送られていた、というわけだ。

『えっと、気になった点は二つです。一つは送付されるURLですが、どこにも繋がりません。過去にも、どこかに繋がった形跡はありませんでした』

「過去にも？　使っている端末によって見られたり見られなかったりとかではなく？」

『あ、インターネットに公開された情報すべてを記録しているサービスがあるんですけど、そこで検索をしても、そのURLにページが設定された形跡はなかったんです』

「つまりこのURLでは、どんな端末を使おうが、何かが見られたはずがない、と」

『はい』

この調査結果が意味するのは、端末が違うから動画が見られなかったとか、そういう問題ではなく。

そもそも、催眠動画なんてものは存在しなかった、ということ。

『もう一つはですね、送信履歴を見られてしまうのはよくないな、と』

「メッセージを送ったら、その記録が残るのは当然だと思うんだが」

『えっと、厳密に言うとですね、『ドライブ内に送信履歴が蓄積されていくから、そのドライブのメンバーなら誰でも見られてしまう』……と言ってわかりますかね？』

それから真昼間は、このアプリを『グー●ルフォームをアプリにしたようなもの』と例えた。

アプリからメッセージを送ると、選択した定型文が宛先へ送られるのと同時に、共有ドライブ内のス●レッドシートに記録されるのだとか。

わかりやすくまとめると、

「情報の授業を受けていた生徒と教職員なら、アプリ経由のメッセージ送信履歴を見られたってわけだな」

『は、はい。セキュリティ意識、ヤバいですよね……』

とはいえ『アプリ経由でメッセージを送られた人の連絡先が、一部の人に流出していた』というだけのことだ。どうしてこのアプリで連絡を受けた人間が被害者となった？

『まあ、わたしはそのドライブを共有されていないので、見ることはできませんが』

仮に見られたとしても、水連（すいれん）の指示で全部削除済みだ。あったとしても、今日の放課後に試した俺の情報しか記録は残っていないだろうが。

と、ここで気づく。

黒山（くろやま）に送ってもらったのは、アプリのデータをドライブから丸ごとコピーしたものだ。

そこには、削除する前のメッセージ送信履歴のコピーがあってもおかしくない。

スマホを操作し、黒山から送ってもらったデータの中から送信履歴を探す。

……あった。

開くと、表の形でいつ誰にどんなメッセージを送ったかが記録されていた。

最初の記録は六月一週目、四田（よんだ）含めて数名に送られている。

次は四田事件の日の昼。有村（ありむら）や高麗川（こまがわ）、大将を含め、合計十五名ほどに送付されている。

なおローカルデータなので、今日の放課後、俺にメッセージを送付した記録はない。

どうしてこのメンバーの中から、四田と高麗川と大将が被害者となったのだろうか。

と、ここで、気になる点が一つ。

タイムラグだ。

黒山の証言通り、高麗川と大将は同じタイミング、賓頭盧四田事件の後にメッセージを送信されている。

にもかかわらず、高麗川と大将は事件を起こすまでに数日の差が出ている。

その間、何度も真友の姿を見ていたはずなのに。

大将がメールを見たのが高麗川の事件の後なら、おかしな話じゃない。

しかしそれならなぜ、大将はわざわざ過去のメールを開いた？　注意喚起も出ていたはずだ。

理由を見出すとすれば、前日の放課後から当日の朝に何かがあったということになる。

その間、あったことといえば……。

……まさか。

浮かんできた可能性を確認すべく、再びスマホを操作。メールボックスを確認する。

『あの、サジさん？　どうかしましたか？』

スマホから聞こえる声に、通話中だったことを思い出す。

「何でもない。それより悪かった、テスト前に変なことを頼んで。助かったよ」

『いえいえ、これぐらいなら余裕ですので。でゅへへ、いつでもまた頼ってくださいね』

調子に乗っているのが電話越しにも伝わってくる。

電話を終え、改めて俺はスマホで目的のメールを探し、見つける。

目を通すと、一致した。

頼む。

俺の発見よ、どうか間違いであってくれ。

＊

翌日、火曜日の朝。

俺は相談室を訪れていた。

事前に確認したところ、テスト前だからか予約はないそうで、いつでもウェルカムとのこと。

「はっはっは、沙慈君いらっしゃい。最近、いろいろ物騒だったから、こうして落ち着いて話すのはなんだか久しぶりな感じがするね。それで、どうかしたかい？」

今日も今日とて、水連は楽しげな笑みで出迎えてくれた。

外が朝っぱらからじめじめと暑いからか、冷房の行き届いた部屋はまるで異次元のようだ。

「辻ドスケベ催眠事件、催眠アプリの事件の犯人について、聞きたいことがある」

「おおうおう、黒山ちゃんがどうかしたかい？」

首を傾げ、無邪気に聞き返してきた。

「本当に、黒山が犯人だと思っているのか？」

「真友ちゃんのドスケベ催眠術で良心の呵責を起こして本人が真実を語ったんだから、そうだと思うけども。いや、見事なアヤマリっぷりだったよね」

「水連も、知っているはずだ」

「何を？」

「黒山はバカだ」

一瞬、水連はぽかんとした後、

「はっはっは、沙慈君辛辣ぅ～」

愉快そうに笑った。

「いくらAIを使おうが、催眠アプリを作る技能や知能なんて、持ち合わせちゃいない」

「自分でも言っていたじゃないか。偶然できちゃった、と。いやはや、猿でもシェイクスピアを書けるのだなと感心したよ」

この人には外堀から埋めるようなことを言っても無駄だな。

「単刀直入に聞く」

「突然何？　スリーサイズ？　恥ずかしいな、教えてもいいけど、脱がせて確かめたほうが」

「辻ドスケベ催眠事件、本当は、水連がしたんじゃないか？」

「何を言うかと思えば。はっはっは、面白いなぁ。真友ちゃんの冗談よりも格段に面白いよ」

明るく、ふざけた空気は剝がれない。痛さもかゆさも覚えてないのだ。

その牙城を、これから崩していく。

「まず前提に、黒山は犯人じゃない。そもそもあいつが作ったのは催眠アプリじゃなくて、不備のあるメッセージ送信アプリだったからだ」

黒山はただ、どこにもアクセスできないＵＲＬを匿名で送っただけだ。

「このアプリには、送信履歴が残る機能がある。そして、教職員と情報の授業を選択した人ならそれを誰でも見られるようになっていた。要するに、送信履歴が漏洩していたわけだ」

「セキュリティ意識、低すぎないかい？」

「犯人はこの送信履歴に名前がある人にドスケベ催眠術をかけたんだ」

「いったいどうして？」

「真犯人が、自分の存在を隠すためだ。アプリの存在がバレなければ真友を、バレたらアプリの制作者である黒山をスケープゴートにできるからな」

この推測通りなら、閲覧権限から犯人を『教職員』か『情報の授業を選択している誰か』まで絞ることができる。

「その仮説が正しいとして、だ。どうしてたくさんいる候補者の中から私を疑うのかな？」

「理由は二つ。一つは、アプリの存在を知っていたかどうかだ」

無言で、水連が話の続きを促した。

「そもそも共有ドライブの中を見られても、他人のファイルをわざわざ見ることは稀有だ。情報漏洩していると気づく必要もある」

ただ『共有ドライブの中身を見られる』だけでは、『犯人の可能性がある』程度でしかない。

「だが、水連は黒山からアプリについての相談を受けている。内容に目を通して、アドバイスもしたそうじゃないか。アプリのことを確実に知っていたはずだ」

『共有ドライブの中身を見られる人』と『アプリの存在を教えられて中を精査した人』を比較すれば、後者が怪しいというのは当然の帰結だ。

「さらにもう一つの理由だ。事件のタイミングと、水連の面談日程が被っていた」

俺はスマホで、学生相談のスケジュールが載ったメール画面を水連に見せつける。以前、担任が誤って送ってきたものだ。

四田四季丸。面談はテスト三週前の金曜日放課後。事件は週明け月曜日の朝に発生。

高麗川類。面談はテスト二週前の月曜日放課後遅め。事件は翌日火曜日の朝に発生。

大将。面談はテスト二週前の木曜日放課後。事件は翌日金曜日の朝に発生。

事件の起きた前日には、必ず水連との面談が行われている。

「水連は黒山のメッセージアプリの送信履歴の存在を知っていた。だからそこに名前のあった人物が相談に訪れた際に、『催眠動画を見たという認識』と『平助物語』の二つのドスケベ催眠術を施したんだ」

これが俺の考える、水連が今回の事件でやった手口。

URLで動画が見られないのは当然だ。認識が植えつけられただけで、そもそも存在しないものなのだから。

なのに、被害者は口をそろえて動画を見たという。しかし、それ自体が嘘だったのだ。

動画を見た記憶を植えつけたのは、催眠アプリの仕業だと思わせるためだろう。

だから俺たちは、ドスケベ催眠術を使える人ではなくて、動画の送り主と催眠アプリを追ってしまった。

そして黒山はただ、利用されただけ。実際はただの勘違いで、加害妄想がドスケベ催眠術に引っ掛かってしまっただけだ。

「確かにタイミング的にはきれいにマッチしているみたいだけどさ」

水連はまるで知恵比べを楽しむかのように、不敵に尋ねてくる。

「そもそも私がドスケベ催眠術を使える前提、おかしいよね？」

まあ、そうなるよな。

誰を疑うにしても、やはりこれがネックとなる。

「……理由は、ある」

「へえ、どんな？」

「真友が言うに、今回の被害者が受けたドスケベ催眠術は平助物語……、今は使われていない古いドスケベ催眠術らしい。だから犯人は年上で、ドスケベ催眠術は使えるが、アップデートをしていない人物と仮定した」

「そうか、行き遅れだから私のことを疑ったのか……。もう沙慈君に責任取ってもらうしかない……。うぅ、二十四歳十八カ月でまだアラサーでもないのに」

「それは二十五歳だろ。……つまりアラサーだろ」

途中で進数変えんな。あと未成年に責任取らせるな。

「年齢の件はともかく、俺や真友は、……平助だって、疑問に思うべきだったんだ。普通、占い師からおすすめだと紹介された程度の理由で、ドスケベ催眠術師に依頼するか？」

「そこは私の華麗な話術でちぎっては投げちぎっては投げ、という感じさ」

「水連がドスケベ催眠術を使えたのなら、簡単な話だ。相談に来た人にドスケベ催眠術を使って、ドスケベ催眠術師に流せばいい。実際、水連がやめてから、真友への依頼はほとんど来ていないらしいじゃないか」

「はっはっは。あの子は愛想と胸と営業能力皆無だからね。ま、腕の差かな」

本人が聞いたらキレそうなセリフだ。

しかし仮に水連がドスケベ催眠術を使えるなら、今度は彼女がドスケベ催眠サポーターをしていた理由がわからなくなるな。……いや、今、それは置いておこう。

「理由は、まだある。催眠アプリという単語だ」

「それが何か？」

「最初にこの事件がドスケベ催眠術じゃなくて、それと同様の被害を発生させる別物だと推測したのは水連だった」

「そうだったかな？」

「あれは自身の存在を……、ドスケベ催眠術を使える人が真友以外にもいることをごまかして誘導するためだったんじゃないか」

「ただの思いつきに言いがかりをつけられてもなぁ」

やはり、これは弱いか。

「なら、俺の体に起きた異変はどう説明する？」

「異変？　沙慈君の体がどうかしたのかい？」

「俺に催眠術が効かないのは知っているだろうが、受けた際には体が拒否反応を起こす。頭痛だったり、眩暈（めまい）だったり、耳鳴りだったり、鳥肌だったり」

「へぇ、それは知らなかったな。いいことを聞いたよ」

本当に知らなかったのだろう、水連が口先をとがらせて驚きを示す。

「水連と学校で再会してから、俺は水連に二回、体を触られた」

一回目は初回の顎（あご）クイ。二回目は手を握られたとき。

「その時、俺の心臓は大きく鼓動していたんだ。あの時、俺にドスケベ催眠術をかけようとしていたんじゃないか？」

「それは……私にときめいただけでは？」

「茶化すな」

接触を媒介にドスケベ催眠術を使ったはずだ。

「まあ、いいや。今のところ沙慈（さじ）君の話をまとめると、上の年代だから、ドスケベ催眠術師に依頼を回しまくっていたから、催眠アプリという単語で隠そうとしたから、私から催眠術をかけられた気がしたから、私がそうだって言いたいんだね。もう、理由はないかな？」

「あぁ、……以上だ」

「そっか、そんなものか」

水連（すいれん）は愉快そうに言葉を区切った。

浮かんでいる表情は笑顔。余裕が崩れることはなく、まるで子供の遊びを見守るかのよう。

「それは確かな理由じゃなくて、ただの可能性だよね？」

「……そうだ」

「確かに沙慈君の言う通りならいろいろと説明はつくし、納得できることもある」

諭すように言葉が続く。

「でも可能性があるというだけ。決定的じゃない。それで犯人だと決めつけるのは暴論だよ。動機さえ説明できていない。疑わしきは罰せず、日本の司法のルールじゃなかったかな？」

確かにこれは、暴論だ。

認めざるを得ない。

ドスケベ催眠術が使えることも証明できないし、動機も分からない。

なのに犯人と言い張るのだから、暴論でしかない。

ただ、状況的に怪しいというだけ。

だが、別にいいじゃないか。

俺はミステリーにおける探偵をしているわけではない。

犯人と知恵比べをして勝つ必要はないし、そもそも証拠すら必要ない。

本当のことは、全て話してもらえばいいのだから。

そのために、疑念を示せればいいのだ。

「なら、真友にドスケベ催眠術を使ってもらって、やっていないと確認させてくれ」

以前、水連は言っていた。暴力はすべてを解決する、と。

それを超えた力なら、同じくすべてを解決することができるはずだ。

「別にいいけど、無駄だぜ？　実際、前にもドスケベ催眠術を使った状態で、私が犯人じゃないと確認したじゃないか」

事件に関わっていないなら身の潔白を証明できる。

ドスケベ催眠術を避ける術を身につけているなら、どうせ効果はない。

どちらにしても水連は自分が犯人だと認めることはない。

しかし、後者を理由に身の潔白を主張しているなら、

「今度は全力を出してもらう」

「……何が言いたいのかな？」

水連の声に、冷たさが交じった。

ドスケベ催眠術には、深度や幅がある。

それこそ二代目ドスケベ催眠術師の真友は多彩な技を使い、多彩な解除条件を設定する。だからか、俺に襲いかかる拒絶反応も多種多様。

しかし、今回の犯人が使う技は古いものばかり。解除条件も気絶とワンパターン。

さらにすべてが開始条件を付随させて隠れまわるようなもので、使い方は姑息。

実際、真友本人も言っている。低品質だと。

つまりだ。

今回の犯人は、ドスケベ催眠術のレベルが真友よりも数段に劣る。

「本気の二代目ドスケベ催眠術師と技競べ、やってみるか？」

「それは……、なかなか、すごいカードを切るじゃないか」

問いかけに、水連は腕を組んでどうしたものかと考える。

本当に犯人でないのなら、いくら真実を語るように促されても問題はないはず。

確信する。

思考する時点で、それが答えだ。

……。

しばしの沈黙。

やがて、水連がぽつりと呟く。

「まあ、いいか。認めちゃっても」

「……認めるのか、自分が黒幕だと？」

「あぁ。現状からすればそちらのほうが合理的かな、と」

ひた隠しにもできるのに、それをしない。

つまり、まだ余裕なのだ。まるで底が見えない。

「はっはっは、改めて自己紹介をしよう」

不敵に笑うと、水連はゆらりと席を立つ。

そして、得意げに続けた。

「ある時は美人すぎる町のインチキ占い師」と決めポーズ！

「ある時は美人すぎるドスケベ催眠サポーター」と決めポーズ！

「ある時は美人すぎるスクールカウンセラー」と決めポーズ！

「ある時は美人すぎる美人！」と決めポーズ！

美人の主張が激しいな。

「しかしその正体は～……、美人すぎるドスケベ催眠術師ハンター、甕川水連！」

もちろん最後も決めポーズ！

「……ドスケベ催眠術師ハンターって何だ？」

言いにくいし、拍子抜けするネーミングだ。

「ははっ、そんな大層なものじゃないさ。人一倍ドスケベ催眠術師が嫌いなだけだよ」

気の抜けるような笑いを浮かべると、よっこらせと席に座り直して水連は続ける。どうやら自己紹介のためだけに立ったらしい。

「ほとんど沙慈君の言う通りだよ。今回のことは、全部私がやった。まさか、言い当てられるとは思わなかったよ。いやぁ、好きな人に理解されるのは嬉しいねぇ」

なぜか満足そうにうんうんと頷く水連。

「どうしてこんなことを？」

「いいよいいよ、真実を当てられた犯人らしく、全部話してあげよう。でも、ちょっと長くなるんだよね。どこから話そうかな」

「構わない、最初から話してくれ」

「あれは今から二十四歳と十八カ月前、器量よしの赤ん坊が生まれて」

「生い立ちからなことあるか？」

「冗談冗談。……全部、全部、君の世界からドスケベ催眠術を排除するためだったのさ」

水連は悪びれることなく、得意げに自身の行いを吐露していった。


「始まりは、沙慈君が学校で自分がドスケベ催眠術師の子だと言って、辛い思いをして、その苦悩を救うために平助氏が催眠術で君を合理的にしたこと。

君はそうして平助氏を遠ざけた。

そして、私の前からいなくなった。

でも、それは別に良かった。君が幸せならそれでよかったから。

だがね、経験者から言わせれば合理的な生き方はいいものじゃないんだよ。

だから、私は君にかかっていた催眠術を解こうとしたんだ。

ただ、平助氏の策に乗って、ドスケベ催眠術師の子の意味を変えようとしたわけじゃない。

沙慈君がドスケベ催眠術師を許すのは無理だと思っていたからね」

「だから私は探すことにしたんだ。

条件を満たさなくても、ドスケベ催眠術を解く方法を。

そのために、まずはドスケベ催眠術がどういうものなのか知る必要があった。ただ、ドスケベ催眠術を知りたがるのが催眠術の強制解除方法を探すため、とバレるわけにはいかなかった。それは『ドスケベ催眠術師（山本平助）が許されることはない』と言うようなものだからね。

だからドスケベ催眠術を知りたがっていないという体を保つために、サポーターという名目で近づいた。

幸い、平助（へいすけ）氏は二代目に技術を教えていて、そこに何度か立ち会えた。おかげで目的を悟らせずに使い方を知ることができた。ま、幸か不幸か私には才能がなかったみたいで、接触を媒介しないと使えなかったけど。

あとは相談に来た人に力を使って、実験して、技術を磨いて、目的を悟らせないように、ドスケベ催眠術師に斡旋（あっせん）した」

「そんな折、平助氏が亡くなった。最後まで諦めない、バカな人だったね。

そうしたら今度は、真友（まとも）ちゃんが平助氏を超えるなんてバカな理由で行動をして、君に接触した。しかも君にかかっていた、解けないはずの催眠術を解いてしまった。

その上、変な約束までしてる。自分が悪いくせに被害者ぶる、偉そうなクソガキ。本当、邪魔くさい。師弟揃って都合のいい考えで、反吐が出る。

君にかかる催眠術が解けたのは、別にいい。それが私の目的だったから。

でも、ドスケベ催眠術師と一緒にいたら君はまた不幸になる。

いつまで経ってもドスケベ催眠術師の子をやめられない。

だから私は来たのさ、自身がドスケベ催眠術を使える気持ち悪い存在である恥を承知でね。

今度こそ、君の世界からドスケベ催眠術師を排除するために。

過ちを繰り返さないために。

それが今回の事件を起こしたきっかけというわけだ」


ペラペラと語る水連は何の悪意もない、真友に向けていたのと同じ笑みを浮かべていた。

「辻ドスケベ催眠で俺からドスケベ催眠術師を排除できるとは思えないが」

「目的は二つあった。一つは沙慈君にドスケベ催眠術の恐ろしさを再認識してもらうこと」

今回の被害者らの、理性が削がれた姿を思い出す。

「真友を開始条件にしたのは、俺に事件を見せつけるためか」

真友が被害者を前にしたら、止めるためにドスケベ催眠術を使おうとする。それには俺がその場にいる必要がある。目的を思えば、妥当な条件だ。

「そしてもう一つの目的は、真友ちゃんを遠ざけること。真友ちゃんが事件を起こした悪者ってなれば、ドスケベ催眠術師と関わるのはリスクになる。そしたら君は距離を取ろうとするはずだからね」

「事件は真友に濡れ衣を着せるためにやったと?」

「できればそうなってほしかった。けど、真友ちゃんが事件を解決するのもなしじゃなかった。ヒーローになって受け入れられれば、沙慈君が彼女の面倒を見る負担が減るしね」

それに、と続く。

「周囲からちやほやされてさ、真友ちゃんのトラウマ、ちょっとはなくなったんじゃない?」

「一人でドスケベ催眠術を使えるようにするため、か」

「そういうこと。そうなれば、真友ちゃんが沙慈君の傍にいる必要はなくなるからね。さっさと力を取り戻して、独り立ちして君の前から去ってもらう、という考えさ」

どう転んでも、俺から真友を遠ざけられて、水連の目的は達成できたわけだ。

しかし、そもそものところとして、

「こんな回りくどいことをしなくても、俺は元から、延々とドスケベ催眠術師に関わるつもりはなかったんだが」

「それは具体的にはいつまで? ねぇ――」

言葉を区切り、視線を伏せ、悲しむように、憐れむように、水連は続ける。

「――君は、いつまで自分をドスケベ催眠術師の子にするつもりだったの?」

暗に問われる。いつまでしがらみにとらわれるのか、と。

いつだったか、俺は自分をただのドスケベ催眠術師の子でしかないと思ったことがある。

そう思うこと自体が間違いなのだと、水連は言う。

「……真友に助力するのは、あいつがまたドスケベ催眠術を一人で使えるようになるまで、あるいは期限の十一月末までだ」

「そんな条件を設けるなんて、優しいね。でも、譲歩も温情も必要ないよ。それとも催眠術が解けて甘くなったかな？　ドスケベ催眠術師なんて危険な人種、私も含めて早々に人生から切り捨てるべきさ」

他者を肉人形としか思えない異質な力の持ち主。それは、認める。

「だが、あいつには催眠術を解いてくれた恩がある」

「そんなものを返す必要はないよ。合理的に考えてみるといい、嫌な思いをするだけさ」

「そのための契約だ。俺に不利益をもたらすことにはならない」

「契約？　…………………あはっ」

水連は、ブレーキが利かなくなったように、

「そんなこと、ど〜〜〜〜〜〜〜〜〜〜〜〜〜〜〜〜でもよくない？」

楽しそうに嘲笑った。

「相手が友好的だからって、鬼と仲良くなれるわけがないじゃん。人類にとってドスケベ催眠術師は怪物なんだよ。それと一緒にいる君は、あの男の血を引く君は、その仲間に見られてしまう。害獣はね、駆除すべきなんだよ」

「それを、水連（すいれん）が言うか。辻ドスケベ催眠事件を起こした、水連が」

「わかってる、自分も害獣だって。解除の力を見つけ出して、君を助けたら、私自身どこかに消えるつもりだったさ。言ったでしょ、恥を承知で来た、と。本当はもう会うつもりもなかったんだ。真友（まとも）ちゃんさえ、いなければ」

語る水連の目には、黒い炎が立ち込めて見えた。

……そうか、この人。

もう、普通に生きるつもりがないんだ。

人並みの幸せを捨ててしまったんだ。

催眠術にやられているからだろう。

この人は自分の存在をかけて、自分を含めて、俺のためにドスケベ催眠術師を排除しようとしているのだ。

催眠術で植えつけられた、俺への好意のせいで。

「……動機やドスケベ催眠術師を嫌う気持ちはわかった」

しかし、だ。

「なんで、黒山（くろやま）を巻き込んだ？」

「さっきも言ったね、スケープゴートだよ」

「違う。俺が聞きたいのは、なんでそのスケープゴートが黒山だったのかだ。俺にドスケベ催

眠術師の脅威を見せつけたいなら、真友を俺から遠ざけたいなら、他にもいくらでも方法はあったはずだ。あいつが催眠アプリを使ったなんて濡れ衣を着せられる道理はどこにも」

「ちょうどよかったから」

「ちょうど、いい？」

あまりにも意味のない理由に、思わず聞き返す。

「本当は、もっと穏便に済ませるつもりだったのだけどね。……諸行無情というドスケベ催眠術を知っているかい？」

俺は首肯する。

平助物語の中で、辻ドスケベ催眠事件で使われなかった、四つ目の技。

確か、無情になるドスケベ催眠術。ちょうど俺のようになる技だと。……まさか、

「私は最初、君にそれを施したんだ。君に真友ちゃんを拒絶させるために」

「あのときか」

二度、心臓がドクリと跳ねた感覚。やはりあれは、ドスケベ催眠術だった。

最初の被害者は、俺だった。

「その通り。でも、うまくいかなくてね」

俺が、催眠術を拒絶する体質だったから。

「そうして次の策を考えているときに、黒山ちゃんが相談に来てね。話して、すぐに思ったよ。

これは、君からドスケベ催眠術師を遠ざけるために使えるな、と」

「つまり、黒山が選ばれたのは偶然だと？」

「どうやってドスケベ催眠術師を排除しようか考えていた時に、偶然相談に来て、目についたんだ。いい具合のアプリを作っていたからね。多分目につかなかったら、また別の方法を考えていたんじゃないかな？」

不思議そうに、言葉が続く。

「ただ、黒山ちゃんが何もしていないというのは違うと思うよ？　あの子は最初、テスト的に四田君にしか送っていなかった。でも、四田君がああなってから、追加で数人に使ったんだ。

二人目以降は確信犯だと思うけど？」

「それは確認するためで、水連がドスケベ催眠術さえ使わなければ」

「沙慈君が『真友ちゃんではない』と黒山ちゃんに言わなければ、黒山ちゃんは自分がやったと疑念を抱くこともなかっただろうけどね。そうすれば、二つ目以降の事件は起きなかっただろうに」

「……」

「怖い顔はやめてほしいな、冗談さ。君を陥れるようなこと、するわけがないだろう」

肩をすくめてから、水連は続ける。

「何にせよ、黒山ちゃんは自分がやったと認めている。そして自業自得だと思っている。濡れ衣の着せがいがあるよ。本当、いいアヤマリっぷりだった。おっと、ちなみにこれは謝りと誤りがかかっているのだけど、まあ、今それはいいか」

残酷なことを言う水連は、のほほんと緩んだ笑みを浮かべていた。

「……さて、私の話はこんなところ。他に聞きたいことはある？」

事件の経緯は、わかった。

だが、まだ水連の考えがわからない。

「なんで、このことを俺に話した？　俺がこれを誰かに話すとは」

「考えなかったよ、まったくね」

遮ってから、水連は自信満々に続ける。

「君からすれば、事実を黙っているほうが合理的だからね。シミュレーションしてみなよ？」

明らかになれば、どうなるか。

「まず私は悪い人となる。それは免れない。糾弾されてクビだろうか？　まあ、真友ちゃんを排除するまでは君の近くにいるつもりだけれど」

水連はいなくなる。これには同意。

「黒山ちゃんはどうだろう？　あの子が今回の事件の引き金になったのは違いないし、近づいたらドスケベ催眠術にかかるってことで、避けられる状況は変わらないだろうね」

黒山の立場は変わらない。

「真友ちゃんはどうだろう？　ドスケベ催眠術を使った結果、無実の人を犯人扱いしたってなるね。誤認逮捕した警察組織が非難されるようなニュースもあるし、何を言われるかわかったもんじゃない。ドスケベ催眠術は真実を歪める、とでも揶揄（やゆ）されるのかな？」

　せっかく改善された真友の立場は悪くなる。

「沙慈（さじ）君はどうなると思う？　テスト対策部で面倒見る立場だった相手に罪を着せた人って見られるんじゃないかい？　というか、真友ちゃんの立場をよくするために悪いことをしたってことになりそうだね。……つまり、昔みたいな思いをするんじゃないかな。今度はドスケベ催眠術師の彼氏みたいな？　うわー、気持ち悪、反吐が大量生産されるよ」

　対して、もしも黙っていたら。

　水連は俺にドスケベ催眠術の恐ろしさを再認識させられた。

　真友は周囲に受け入れられて、待遇がよくなった。

　俺は真友の面倒を見る負担が減って、日々が楽になった。

　黒山の不遇は、変わらない。

「あとはどうかな？　例えば有村（ありむら）君も……」

「いや、もういい」

　よくわかった。

　真実を明らかにすれば、より多くの人が不幸になる。

明らかにならなければ、黒山だけが不幸を負う。

言わないほうが、皆が幸せを享受できる、不幸や不遇を避けることができるのだ。

最大多数の最大幸福。

だから水連は俺に真実を伝えた。俺が沈黙を選ぶという確信があったから。

彼女にとって、俺が事実を知ることは不都合じゃないのだ。

いや、むしろこう言った。

「俺がこの事実を知って、水連にとって何が合理的なんだ？」

「共犯者になってもらおうと思ってね」

水連が小さく笑う。

「……何をさせるつもりだ」

「アフターケアとして、黒山ちゃんのテストを失敗させてもらいたい。それで落第させて、留年を確定させて、転校してもらう。テスト対策部で指導役の沙慈君なら簡単でしょ？　今のままだと黒山ちゃんがかわいそうだからね。なんたって催眠アプリ事件の加害者扱いだし」

「それは、水連のせいだろ」

「違いない。……でもね、黒山ちゃんはこの事件があろうとなかろうと成績不良者の留年予備軍で、学校から転校の選択肢を提示されそうな状態だった。言ったでしょ、ちょうどいいって。スケープゴートには死にかけの山羊を選んだつもりだよ、最大多数の最大幸福を考えてね。あの子のことを思うなら、あの子に見合った新天地でやり直せるように介錯してあげることが最適解で、合理的だ。……わかるよね？」

それから、諭すようにささやく。

「君もそうやって、ドスケベ催眠術師から何度も逃げてきたんだから。今度は逃がしてあげようよ」

背筋に鳥肌が立ち、思わず息をのんだ。

「それでどうかな？　私の計画、乗ってくれるかい？」

考える。

合理的に、損得を、最大幸福を。

慣れ親しんだ思想、すぐに結論が出る。

俺は――。

「合理的、だな」

――それが正しいと、判断した。

「話が早くて助かるよ。というわけで前にも言った通り『私が関わったという事実は、存在しない』ということで」

その後、水連はニコッと笑い、続けた。

「初めての、共同作業だね？」

7章　君の名残

同日、昼休み。テスト対策部部室にて。

昨日予定を決めたばかりということもあり、黒山の勉強を見ている。

しかし、今朝の水連との会話もあって、俺の熱量は以前よりも大きく落ちていた。

「と、いう感じです。どうでしょうか？」

「いいんじゃないか？」

流すような受け答え。少し修正したほうがいい部分はあるが、気にせずに通す。

黒山の勉強ペースは、現時点で全体の六割弱。

このまま雑な対応をしていれば、多くの科目で赤点を取り、再試験や補習となるはず。

放置をしていれば、サクッと落第するだろう。

そうなれば留年して、転校の勧告が出る。やりたいことができず、学力も見合わないのだ。

普通に考えれば、黒山はそれに応じるだろう。

実に簡単なことだった。

「佐治君、少し元気がなさそうですが大丈夫ですか？」

気の抜けた対応をしていたら、心配されてしまった。

「気にするな。少し、疲れがたまっているだけだ」

「最近ますます暑いですし、体調には気をつけてくださいね」

いたたまれないな。彼女のほうが、心配されるべきなのに。

「ちなみに、疲れている時にはサ活がおすすめです」

「サ活?」

「サウナのことです。いいですよ、サウナは。体が温まって、頭の中がぽやや〜んってハッピーセットになりますから」

「バカになってるじゃないか」

「そ、そんなことはありません。とにかく、『ととのう』感覚はとても素晴らしいものです。夏バテ対策に、ぜひサ活をしてみてください」

「気が向いたらな」

適当に会話を合わせ、勉強時間を少しずつ削る。

それにしても、気配り上手なものだ。

きっと留年が決まって、転校することになったとしても、その先でうまくやるだろう。

……彼女は、どうありたいと考えているのだろうか。

「黒山は、落第したくない、ってことでいいんだよな」

「唐突ですね。……もちろん、したくありません。そのために勉強を頑張っています」

「知っているか。この高校では留年が決まったら、転校の話が持ち上がるらしい。もちろん、選択肢を提示されるというだけで絶対じゃないが。これまで留年してきた人はもれなく転校した実績があるそうだ」

「……聞いたことはあります」

「転校したほうが、逃げたほうが幸せなんじゃないかって考えないのか？　……そんなに残りたいか、ここ？」

「家族との話し合いにもよりますが、私は残りたいと思っていますよ」

答えづらい質問のはずだが、黒山は堂々と答えた。

「勉強についていくのはギリギリで、やりたかった部活もできなくなって、辻ドスケベ催眠事件を起こしたって周りから避けられてるのに？」

黒山は「はい」と頷くと、顎にシャープペンのノック部分を当て、少し考えてから、

「運で入ったなんて言われることもありますが、私、これでも受験勉強をすごく頑張ったんです。入学してからは部活とか体育祭とか、友達と過ごしたなんでもない毎日も、楽しかったです。二年生になるのも、先生に時間を割いてもらって、どうにかできたことなんです。今もこうして、佐治君に助けてもらっています」

「それが、なんだっていうんだ」

「ちょっと避けられるからって、頑張ってきたことから逃げたり、楽しい時間を過ごした人と

のつながりを手放すのは、もったいないなって」

「……非合理的だな。わざわざ嫌な思いをする場所に留まる理由はないだろうに」

「嫌な思いをするのなんて、今だけですよ。私の友達は、一度の過ちを延々と引きずる人たちではありませんので。しばらくしたら『あんなこともあったね』って気軽に私をいじるネタになって、きっと、また楽しくなりますから」

一度の過ちくらい許してくれるなんて、俺はそれほどに誰かを信じたことはあっただろうか。

ドスケベ催眠術師の子であることが笑いのネタになるだなんて、幸せな未来を想像したことがあっただろうか。

ふと、テスト対策部を引き受けてすぐのころ、黒山のことをやりにくいと感じたことがあったが、その理由がわかった気がした。

普通の――とても頭は悪いが品行方正で比較的普通な女子高生の――彼女といると、俺は自分の汚い部分を指摘されているような、そんな気分になるのだ。

数秒、俺は自分の内から湧き出た感情に葛藤し、

「悪い。さすがに一週間前となると、俺も自分の勉強に集中したい。昼の活動はやっぱりなしにしよう」

「……え？」

呆けたような声。

「昼休みだけだ。放課後は、ちゃんとやる」

「あはは……、そう、ですよね。うん。佐治君は学年上位の成績優良者ですもんね。私にかまけて今の位置を保てなくなったら、一大事ですよね」

「悪いな、昨日の今日で」

「いえ、ここまで見てもらえただけで、ありがたいですので」

「今日はもう、これで終わりにさせてくれ」

「わかりました。お時間、ありがとうございました。ではまた、放課後に」

小さく笑って頭を下げる黒山を背に、俺はテスト対策部部室を後にした。


冷房の効いた部室を出ると、廊下の熱気に出迎えられる。

昼休みは放置でいい。

放課後も、途中で切り上げたり休憩をはさんだりで、適当に済ませてしまおう。

彼女は頭が悪い。勝手に自滅して赤点を取ってくれる。

今、辻ドスケベ催眠事件を起こした彼女を助けようとする人は学校にいない。

這い上がることもできないし、差し伸べられる救いの手はない。

これで、この問題は本当に解決する。

収束する。平穏な日常が戻ってくる。

そしたら真友の復活を手伝って、再び水連にかかっている催眠術の解除に取りかかるのだ。

でも、なぜだろう、釈然としない。

これが正しいはずなのに。

もやもやが晴れない。

皮肉のように、窓の向こう側の世界は初夏の日差しが降り注ぎ、見事に晴れ渡っている。

雲一つなくて、明るくて、光に満ち溢れていて。

ただ、眩しかった。

*

数日が経った。

気がついたら金曜日。今年の六月は梅雨の存在を疑うほどに雨が降らず、今も窓の向こうでは青空に丸い太陽が燦々と居座っている。

テストまでは残り三日。今日と土日を越えたらテスト一日目だ。

そんな時期ではあるが、ドスケベ催眠術の朝練はなくならない。

「ドスケベ催眠斬り！　ドスケベ催眠斬り！　ドスケベ催眠斬り！」

今日も今日とて素振り。毎日やっていて飽きないのかと思うが、習慣なのだろう。

さすが、ドスケベ催眠術に人生かけているだけのことはある。

ふと、こいつの勉強状況が気になった。

「真友は、テスト勉強は順調か?」

予想がつかないこともあり、恐る恐る尋ねる。

「ん。ドスケベ催眠術を極めることに比べれば児戯」

素振りを止め、ふふんとドヤ顔。どうやらかなり自信があるらしい。

試しに、何か問題を出してみよう。

「問題、1585年」

「淫行パコパコひでぇよカムバックだから、豊臣秀吉が関白になる」

「1604年」

「アイムお尻のエフカップだから、糸割符制度」

「シャクシャインの戦いは何年?」

「アイムムクムク即尺社員だから、1669年」

「語呂合わせがひどすぎる」

しかし全部合ってる。普通に覚えたほうが絶対覚えやすいだろ。

「トロトロファ○ク、寝るとちんちんスクスク。1689年ネルチンスク条約」

「聞いてないが」

知らなかったので調べたら本当にあった、ネルチンスク条約。試験の範囲外だが。悔しいが、寝るとちんちんスクスクが頭から離れねぇ。

「ドスケベ催眠術師なら余裕。いぇい」

真友が得意げにダブルピースをちょきちょきさせる。

世の中は理不尽だと思った。

「黒山も、お前ぐらい頭が良ければな」

と、ため息交じりにぼやいたのはまずかったらしい。

「私の前であの催眠アプリ女の話をしないでほしい」

真友が頬をぷくりと膨らませ、不機嫌になった。

しかしすぐに怪訝そうに、

「サジ、何か悩んでる？」

「何も悩んでないが」

いつもと同じように応じたつもりだったが。

「そんなことはない。ドスケベ催眠術師は人の心の機微に敏感。敏感ペットボトル」

「金曜日のごみ回収品目かよ」

「それは市区町村による。とにかく相談ならドスケベ催眠術師にお任せ。これでも専門」

薄い胸をドンと叩き、頼もしさをアピールしてきた。

「ないと言っているんだが」

「ならサジ自身も気づいていない、潜在的な悩みを当ててみる。……サジは今、夏休みの予定で悩んでいる」

「いや、別に」

「じゃあ今日の晩御飯で迷っている」

「それは献立が決まっている。今夜は鯖缶(さば)だ」

「プレッパーなの？」

　鯖缶食ってるだけでその評価はどうなんだ。まあ、安い時に大量購入して余っているから、というのが主な理由だが。

「じゃあ、うーん。……うまくいかない」

　真友がムムムと俺の悩みとやらを当てようと唸る。

「なんで俺から悩みを聞き出したいんだよ？」

「水連(すいれん)はいつも、うまく依頼人から悩みを聞き出して、ドスケベ催眠術師(師匠や私)に誘導していた。水連が抜けた今、私はそっちの営業活動も頑張らないといけない」

　だから俺でその練習か。

「言っただろ、悩みはない。いつだってやるべきことをやるだけだ」

　なぜならそう、俺には迷いが生じたとき、合理的に行動するという確かな指針がある。だから、迷わない。選ばなかった道に対する未練も、いわゆるサンクコストとして切り捨てるし。

「じゃあそんなサジに、ちょっと真面目なアドバイス」

そう前置きをしてから、真友は続ける。

「これからのサジは、もう少し悩んだほうがいい」

「これから？」

「これまでのサジには『ドスケベ催眠術師の子と知られないようにする』という絶対的な指針と、師匠のかけた催眠術があった。この二つがあったから、合理的に、感情を後回しにして、一貫した判断ができていた。だから悩まなかったし、悩めなかった」

否定はしない。

「でも、その指針はもうサジにとっては絶対のものではなくなってしまった。絶対的な合理主義を支える催眠術も解けてしまった。だから今、サジはブレるようになってしまった」

言う通りだ。最初は水連にかかっている催眠術を解くために黒山を助けるはずだったのに、今は皆が不幸になるのを避けようと黒山を切り捨てようとしている。

「けれどもそれを悪いこととは捉えないでほしい。それは悩んで立ち止まることや不合理な選択をとれるようになった、ということでもあるから」

「不合理な選択ができるようになってもいいことなんてないだろ」

「そんなことはない。例えば、夢ややりたいことを優先できるようになる。持論だけど、自分の夢とかやりたいことって、別の誰かから見るとほとんどが不合理で正しくないことだから。私の夢も、そうだから」

　確かに、最高のドスケベ催眠術師になるというのは真友にしか通じない正しさだ。

　だが、言いたいことはわかる。

「今のままだと、サジは合理的だからと本当は捨てちゃいけないものを……不合理だけど大切なものまで捨ててしまうかもしれない。そうならないように、時間の無駄だからと即断するのではなく、悩んで、合理的じゃないことでも選べるようになるべき。合理性に流されることなく、今は不合理でも、いつかよかったと誇れるような、そんな選択をできるようになるべき」

　言われて、考えてみる。

　黒山を見捨てるという選択肢は最大多数の最大幸福から考えれば、間違いじゃない。

　だが、誇ることはできるだろうか。見捨ててよかったと胸を張れるだろうか。

　……ダメだな。ずっともやもやしているじゃないか。釈然としていないじゃないか。

　ならば、黒山を見捨てなければどうなるだろう。

　以前、黒山未代（みよ）が俺にとってどんな存在なのか、考えたことがある。

　その時に出なかった答えを出す必要があると思った。

「わかった。これからは、必要なら悩んでみるさ」

「それがいい。そして困ったときはドスケベ催眠術師をよろしく」

なんだ。ドスケベ催眠術の営業、そこそこできるじゃないか。

*

昼休み。

黒山と話そうと思い、放課後以外では数日ぶりにテスト対策部へ向かった。

休み時間に教室へ行ってもよかったが、人目のある中で自分の本心を見出すための会話をするのがはばかられたのだ。

茹るような廊下を抜け、階段を上り、部室の前にやってきた。

どうやらすでに黒山は来ているようで、扉が微かに開いている。

ノックの前に、どんな様子か気になって、その隙間から扉の向こうを覗き見た。

勉強していた。

問題集とにらめっこして、ノートにシャーペンを走らせている。

自分が悪くもないのに避けられ、責められ、それでもよくなるだろうと祈り、この場に残ろうと頑張っている。

本当は何も悪くないのに、悪いと言われて。

一人で。

眩暈がした。

——黒山の姿が、ドスケベ催眠術師の子と重なる。

心臓が跳ね、全身から、嫌な汗が噴き出てくる。
耳鳴りがして、世界の音が曇る。
よたよたとおぼつかない足取りで、黒山に気取られないよう、部屋の前から離れた。
「全部、同じじゃないか……」
本人に悪意はなくて、異常かもしれない存在だと知れ渡ってしまった。
ただ、父親がドスケベ催眠術師というだけで揶揄された。
あれは、過去の俺だ。
ドスケベ催眠術で、間違った救われ方をする前の俺だ。
それを理解した瞬間、自分の中に黒山を見捨てたくない理由があることに気づく。
……あの時、俺には確かに救いがあったのだ。
優しい声と、差し伸べられた手があったのだ。
ここで黒山を切り捨てたら。
あの日の水連を否定することになってしまう。

もうあれから十年近く経ったけど、今回のような事件も起こしたけど。

あの日、確かにあの人は、俺を見捨てないでくれたのだ。

ならば、俺がすべきは。

*

汗が引き、落ち着いたところで俺は対策部の部室へ。

「あれ、佐治君？　昼休みですけど、どうしたんですか？」

冷房の効いた空間と、首を傾げる黒山に迎えられた。

「少し、話しておきたいことがあってな。……悪いが、勉強の手を止めてくれ。少し時間をもらいたい。それなりに、大事なことだ」

空いている正面の席に座りながら言う。

「えっと、はい」

突然のことだったが、俺の淡々とした物言いに黒山は頷いて手を止めた。

「まず、悪かった。俺はお前を見捨てようとした。転校して、身の丈に合った場所に行ったほうが幸せになれると決めつけて、自分の行動を正当化した」

「……そんな気はしていました。嫌になったんだな、って。転校の話をした後に拒絶されたので、諦められたんだな、と。昼休みの勉強も一日で手のひら返しでしたし」

「だが、黒山に赤点を取らせないことも、お前がこの学校に居続けることも、俺にとって価値のあるものだと気がついた。……だから、改めて聞きたい」

言葉を区切り、俺は問う。

「今の黒山が留年することなく、転校の勧告を受けることなくこの学校に残るのは、大変なことだ。それでも、ここにいたいという思いは変わらないか？」

「……変わりません」

「それは現状維持バイアスとか、新天地に行くのが面倒とかじゃなくて」

「前にもお話しした通りです。頑張ってきた自分を裏切りたくないですし、ここで出会った人たちと離れたくないですし、それに、また楽しくなるはずですから」

一瞬だけ悩む。

今からする選択は、後悔するものではないかと。後になって、誇ることができるものかと。

……大丈夫だ。

だって、あの日の彼女と同じ選択なのだから。

思い出す。

あの日、彼女は俺にこう言ってくれたのだ。

「ならーー、どうにかしよう」

やるべきことは、決まった。方向性が定まった。

「もう、見捨てるようなことはしない。いや、見捨ててやらない」

これは独善だ。自分勝手な願いだ。

驚きに見開いた目が向けられる。

この言葉は黒山(くろやま)のためだけのものじゃない。

あの日救われなかった子供のため。

あの日の水連(すいれん)は正しかったのだと示すため。

切り捨てて、排除する以外にも非合理(救われる)的な方法はあったのだと、示すのだ。

「とにかく、これから俺はお前を本気で勉強させる。なりふり構わずやるぞ」

「でも、かなり厳しいですよね？　時間もあまりないですし」

今日は既に金曜日。テストは週明け。

半数近い科目で赤点ラインを下回っている。

「問題ない。言っただろう。本気で勉強させると、なりふり構わないとも」

「佐治(さじ)君が本気で、なりふり構わず……？」

顎(あご)に指を当てて思案し、やがて黒山が恥ずかしがるように、

「つまり体罰ですか？」

「いいや、ドスケベ催眠術だ」

「もっと強いの来ました!?」

目には目を、歯には歯を。

そしてドスケベ催眠術のせいでこんなことになっているのなら、対抗できるのはドスケベ催眠術だけだ。

＊

放課後、テスト対策部部室。

黒山と土日のスケジュールを調整していると、おもむろに扉が開いた。

「サジ、来たよ」

やってきたのは真友（まとも）。

「……」

「こんにちは、片桐（かたぎり）さん」

無言で威圧感を放つ真友に対し、にこやかに友好的な言葉をかける黒山。

「初めましてでいいですかね」

「……いいと思う」

部屋に入ると、真友は俺と黒山の斜め前に用意された、いわゆるお誕生日席に腰かける。

どことなく、真友は黒山を警戒している様子。

「改めて、黒山未代です。この度は申し訳ありませんでした。また、私の失態から起きた事態を収拾いただき、ありがとうございました」

しかしそんなことを知ってか知らずか、黒山は丁寧に先日の感謝を告げる。

「別に。自分のためにしただけ」

「それでも、助かりましたから」

丁寧な態度に、真友の敵意が驚きとともに緩む。黒山が温厚でよかった。

「私は片桐真友。二代目ドスケベ催眠術師」

「すごい技を使っていましたよね。心臓が爆発しそうで、我慢できなくなって、飛び出しちゃったのを覚えてます」

「ぬ」

まさか褒められると思っていなかったのか、真友が言葉に詰まる。

挨拶も済んだようなので、俺は本題を切り出す。

「早速だが、この前の話を覚えているか？」

「どの話？」

「この話だ」

スマホでメッセージ履歴を見せる。

テスト対策部で教えることになったと伝えた際のやり取りだ。そこには『朝練に支障がないならそれでいい。しばらく仕事は受けないでおく。水連が辞めてからは仕事も激減してるし、しばらくは充電期間にする』『ドスケベ催眠術が必要なときはお任せあれ』とある。

「出番だ。黒山にとことんまで勉強を頑張るというドスケベ催眠術をかけてくれ。解除条件は今学期のテストの終了ってところで」

「うへぇ」

真友が嫌そうな態度を見せる。

催眠アプリの件、相当嫌がっていたからな。

黒山の助けになるようなことをあまりしたくないのかもしれない。

「第七条、俺に何かあったら私はなんか色々助けるものとする。第八条、片方が当契約を遵守しない場合、もう片方は契約を破棄できる、だったな」

契約書の内容を諳んじ、圧をかける。

「……ぐぬぬ、ブラックドスケベ催眠環境だ。労基にかけこんでやる」

労働基準監督署に迷惑かけんな。

「黒山、さっき話した通りだ。これからお前の心の自由を奪う、そして最高のモチベーションを授ける」

「強引ですね……」

「時間がないからな。多少の倫理は無視していく」

「あはは……、甕川先生みたいですね」

「私の師匠も倫理感なかった。親子だ」

「お前には言われたくない」

……俺の周りの人間、倫理観欠如しすぎじゃないか？

「サジ。時間もないみたいだし、もう始める」

「場所を移動したほうがいいんじゃないか？」

多分、これから使われるドスケベ催眠術は受けると意識を失うものだ。

「大丈夫、効果はすぐに出るから。朝練の成果、見せてあげる」

言うと真友は黒山に体を向ける。

「黒や……、未代」

名前で呼んだということは、ドスケベ催眠術師への依頼人と認めたらしい。

「は、はい」

「催眠術の即堕ち2コマって知ってる？」

「いえ、それほどは。SNSでしばしば見かける、物事の発生と結果を1コマずつ描いたマンガに催眠要素を掛け合わせたものですよね。1コマ目には『は、催眠術なんてかかるわけないし』と挑発的な女性と催眠術の描写、2コマ目でその女性が催眠術にかかっていろいろと乱れている様子が描かれているのがよくあるパターンでしょうか」

それほどと言いつつ、早口で丁寧な解説。……かなり詳しくないか？

「私のドスケベ催眠術を受けると、それに近い感じで勉強をするようになる」

「あんな感じに、勉強を……、え、あの、保健体育の実技的な勉強ですか？」

「どんな感じを想像してる？」

かみ合っているようでかみ合ってないな、こいつら。

「とにかく、テストが終わるまでは勉強に対する意欲が常に最大になる。ＯＫ？」

「わ、わかりました」

結局そんな説明で黒山は了承。

真友がドスケベ催眠術を始める。

「……！」

急に雰囲気が変わった真友に、緊張を強める黒山。

「未代。意気込みを聞かせて」

「は、はい」

軽く深呼吸。それから、まっすぐに真友を見据えて、

「本気で、勉強します」

キン、と髪飾りが弾かれる。この音に、拒否反応は覚えない。

「ドスケベ催眠四十八手——童貞卒業」

言うと、立ち上がった真友が背後から黒山に近づき、両手で鼻と口を押さえこんだ。絵面は完全に、『背後から近寄って睡眠薬を嗅がせる人』である。どことなく犯罪臭がすごいな。

「きゅう……」

まるで危ない薬でも吸い込んだかのように黒山がその場でカクンと意識を失う。真友が手を離すと支えを失ったからか、ゴツンと勢いよく机に突っ伏した。大丈夫だろうか。

すると、驚くべきことが起こる。

「いたたた」

黒山が、すぐに目を覚ましたのだ。机にぶつけた額を押さえ、痛みに涙を浮かべている。

童貞卒業は、自身が口にしたことを遵守するドスケベ催眠術だ。自分の直前の発言を守る効果がある。

効果が強く、脳に大きな負担がかかるため、しばらく意識を失うはずなのだが。

「うまくいった」

真友は得意げに続ける。

「サジと練習をした成果。ドスケベ催眠活動で時間を取らせないようにするために身につけた、即堕ち催眠テクニック。まだ触角と嗅覚の二つを経由しないと使えないけど、効果は上々」

「俺のおかげみたいな言い方やめろ」

何の助力もしてないんだよなぁ。

「ドスケベ催眠帖に載っていたＤＳＫＢサイクルを回した成果」

「なんてものを回してんだ」

ともあれ、ここ数日の練習の成果らしい。

毎日素振りをしているようにしか見えなかったが、いろいろ試行錯誤していたようだ。

「佐治君、なんだか、すごくやる気が湧いてきます。まるでこれから試合に挑むみたいな……。これが、ドスケベ催眠ブーストなんですね」

目覚めたばかり黒山は効果を実感し、いつになくやる気に満ちていた。目もどこかぎらついて、爛々としている。どうやらこれがテスト終了まで続くらしい。

「可能なら今日も明日も明後日も、テスト期間の放課後も、朝起きた時から夜眠るときまで離れることなくお願いします」

「よかったね、サジ。お風呂でも一緒にできる」

「しねぇわ」

「あの、お風呂はちょっと……、今回、保健体育の実技はないですし」

「保健体育で風呂に入る実技はないだろ」

毎度毎度、保健体育も迷惑だろうに。

＊

テスト前日、日曜日、テスト対策部の部室にて。

今日は久しぶりに雨が降るらしく、朝から空は灰色の雲に覆われつくしていた。空気も一気にどんよりとして、雨特有のあの匂い――ペトリコールだかゲオスミンだかが鼻につき、まるで数週間分の梅雨が凝縮されてやってきたかのようだ。間違いなく、雨天になるだろう。

そんな文字通りの怪しい雲行きに対し、黒山(くろやま)の学習は順調を超えて絶好調だった。

驚くべきことに、昨日一日で遅れていた分をすべて取り戻し、さらには今日みっしり詰め込む予定だった範囲も夜遅くまでの勉強でカバーしていた。

ドスケベ催眠術の効果と元来部活で発揮されていたであろう熱心さや体力が組み合わさり、驚異的なペースで知識を詰め込んでいく様は圧巻、まさに破竹の勢いだった。

おかげで当初予定していたスケジュール――全科目の過去問を実施して苦手な部分を再抽出するところ――まで追いついた。

というわけで現在、黒山は昨年度のテスト問題に取り組んでいる。

俺はというと、各科目のテストを採点しつつ、間違えた部分が丁寧に解説されている資料に付箋を貼って教える準備をしている。

しかし、かつて黒山の答案に蔓延していた×は数を減らし、どの科目でも半分以上が○となっている。

今の時点で五科目のテストを終えているが、点数はどれも50点以上。中には赤点ラインどころか、平均点を上回りそうな科目もあるぐらいだ。

「数学B、終わりました。採点をお願いします」

終了したテストを差し出される。

「わかった。午後までにやっておく」

「次は何ですか？　英語ですか？　大丈夫です、英語なら頻出の慣用句と文法のおさらいはできています。長文読解はまだ苦手ですが、どこにどれだけ時間を割けばうまく点数を取れるかは把握していますので、今回やったら40点は固い自信があります」

勢いよく次を促してきた。ドスケベ催眠術の効果だろう、怖いくらいにギラついている。

昨日から黒山はこんな感じで、ブレーキが壊れていた。学習意欲がありすぎて、限界までやろうとしてしまうのだ。

「次は、そうだな……」

時刻を確認する。もう昼だ。

「いったん、休憩にしよう」

「わかりました。……ふぅ」

一時的に勉強を止められ、黒山は軽くため息。それから卓上に置かれたコーヒー牛乳に口をつける。

「昼食、どうする？」

昨日土曜日は、俺は学校で鯖缶を。黒山は学校近くのスーパーの弁当を食べた。おそらく今日もそうなるだろうと思ったのだが、

「雨、降ってるんですね」

窓の向こうには、水浸しとなった街の様子が広がっている。

「そういう予報だったしな」

「むむむ……」

困ったような黒山。

「傘、持ってないのか？」

「持っていますけど、わざわざ外に出るのも手間ですし、移動時間がもったいないな、と。来る途中で買っておけばよかったですね」

勉強のために時間効率まで気にするとは。タイパを求める精神、嫌いじゃない。

「佐治君は昨日と同じく缶詰ですか？」

頷いて返答。

「猫さんみたいですね」

……真友（まとも）、これが普通の感性だぞ。鯖缶でプレッパーなんて思いつくものじゃないんだ。

「手間なら、黒山もどうだ？　幸い、ロッカーにストックがある。鯖缶に多く含まれるＤＨＡやＥＰＡは、記憶力や学習能力の向上に効果的といわれているぞ」

「学習能力の向上……！」

　それは何よりも優先される言葉だったのだろう、黒山が目を輝かせた。

「では、いただきます」

「取ってこよう」

　席を立ち、ふと思い出して尋ねる。

「水煮と味噌煮と醬油煮のどれがいい？　どれも1缶１７８円税込みだ」

「あはは……、お金とるんですね」

「同じものを返してくれてもいいぞ。とりあえず、鯖初心者は味噌煮がおすすめだ、生姜のアクセントが美味だ。対して水煮は生臭くて、醬油煮は米が欲しくなる」

「じゃあ、味噌煮でお願いします」

　要望を受け、自分のロッカーまで一歩き。

　レトルト食品や未開封のペットボトルなどの備蓄の中から、味噌煮の鯖缶と割りばしを一つずつピックアップして対策部部室へ。

戻るとお金と引き換えに鯖の味噌煮缶を黒山に手渡した。

「いただきます」

早速タブを引いて開封。黒山がタレに浸かった鯖をもそもそと食べ始める。

「あ、おいしい」

意外そうに黒山が目を丸くする。

「これは普段用だが、豪勢なものだと味が格段に良くなるぞ。小骨も丁寧に取り除かれて、身もトロトロ、口の中に上質な脂が溶けていくのがわかるんだ」

「佐治君先生は鯖缶先生でもあるんですね」

「詳しいわけじゃない。先生はやめろ」

「すいません、鯖缶」

「俺はサジだ。『佐治君』と鯖缶を言い間違えるな」

「ふふっ、冗談です」

楽しそうに黒山が笑う。

「こうして二人で缶詰を食べていると遭難したような気分になりますね」

「なら、もう食べなくてもいいようにするんだな」

俺と一緒に遭難気分で鯖缶を食べるなんて、あっちゃいけない。

黒山は、こっち側にいるべきじゃない人間だ。

「私は結構好きですけどね、こういうの。キャンプ気分といいますか。少し、ワクワクします」

固形部分を食べ終えたのか、黒山が缶を口につけ、ＤＨＡたっぷりの液汁をすすする。

「わわ」

黒山の慌てたような声。

そしてカラカラと高い金属音。

「……やっちゃいましたぁ」

げんなりとした声。

制服のブラウスとスカートに鯖の味噌煮汁がべっとり。床には空の缶詰が転がっている。

こぼしてしまったようだ。小骨が引っかかってむせたか、フチに溜まった汁が一気に押し寄せたか。あるいはフチで唇を切ったか。

「大丈夫か？」

「はい、汚れただけです。けど……。うっ、生臭いです」

服についた汁の匂いをかぎ、黒山が顔を渋くする。

「着替えて染み抜きをしてこい。味噌煮の汚れは早いほうが残らない」

「あはは……、着替えは持ってきていなくてですね、どうしましょう」

一度帰らせようかとも思ったが、黒山は家から学校まで片道30分ほどかかるらしい。往復で一時間を無駄にするのももったいない。

残りのテストのことを思えば、終わりにするのも避けたいところだが、状態異常：鯖で勉強させるのも気が引ける。となると選択肢は、

「俺のでよければジャージを貸すが……」

「いいんですか？」

「サイズは合わないぞ」

「大丈夫です。袖は捲って使いますから」

嫌がられると思ったが、すんなり受け入れられた。

「なら、持ってこよう」

対策部部室を出て、またも教室のロッカーへ。

道中、考える。

男のジャージを着るの、嫌じゃないのだろうか。それとも体育会系の部活だと一般的だったりするのか、はたまたドスケベ催眠術の影響か。

「鯖缶の匂いがします」

サイズの合わない俺のジャージに着替えた黒山が、そんなことを言い出した。

「鯖缶と同じロッカーに入れていたからな」

「間違えました、佐治君の匂いがします」

「洗剤の匂いだろ」

「そうでしょうか？」

首を傾げ、すんすんすんすんと襟の匂いを確認する。

「爽やかなとは違いますが、なんだか癖になりそうな匂いです」

体臭がきついと言われているようで傷ついた。

「いいから再開するぞ」

「あ、でも制服の染み抜き……」

「俺がやっておく。その間、テストを進めていろ」

「や、あの……」

黒山が戸惑ったように慌てる。

「男子に制服を洗ってもらうの、少し恥ずかしいかな、と」

「勉強の時間を確保するのが優先だ。テストを進めていろ」

「……そうですね、恥ずかしがっている時間ももったいないですもんね。えっと、ありがとうございます」

ドスケベ催眠術の影響か、黒山は照れながらも頷いた。

その後、俺は職員室で洗剤などの道具を借りて染み抜き。

対策部部室に干しておいて、午前中のテストの採点を始めた。

やがて、全部の過去問題が終了した。

午前の勢いは落ちることなくすべての科目で50点超え。

『やればできる』や『努力は裏切らない』を目の前で見せつけられた気分だ。

「科目によっては平均を超えるかもな」

「やりました〜……」

気の抜けた声。表情には安堵が浮かんでいた。

*

その後、テストで間違えた部分を教えているときだった。

うつらうつら、と。

黒山が何度も舟を漕ぐ。

ドスケベ催眠術はメンタルの増強剤でしかない。

適宜休憩を取り、集中力が途切れないような時間配分なども意識したが、体力を維持できるかは別の話だ。金曜日からの勢いを思えば、よく頑張ったほうだろう。

「いったん休憩にしよう」

「ふぇえ……？」

寝ぼけたような声。

時計を見る。三時過ぎ。

「30分後に再開だ」

「でも」

「大丈夫だ。今の黒山なら、一度休んだほうが効率的だ。いいか、勉強はするな。スマホもいじるな。舟を漕ぐぐらいなら横になってゆっくり眠れ。30分だけでも、だいぶ変わるはずだ」

「あはは──……、『勉強はするな』なんて、人生で初めて言われました」

「冗談を言う暇があれば休め」

「冗談ではなく本当なのですが……、それでは、お言葉に甘えまして」

黒山はペンを置くと、袖を下ろして俺のジャージにくるまれるように、机に突っ伏して目を閉じる。

「……横になれと言っただろ」

俺のボヤキに返事はなく、返ってきたのは心地よさそうな寝息だった。

カフェインでも摂取しようと思い、俺は対策部の部室を出た。

休みの日だからか、人はほとんどいない。テスト前なので勉強している生徒はいるが、それも皆、図書室の学習スペースや教室などにこもっている。

廊下は空調が効いていなくて空気が重苦しい。さっさと買って戻るか。

階段を下り、自販機へ向かう。

その、途中だった。

「やあやあ沙慈君。休日の昼過ぎに珍しい、今日はどうしたのかな？　もしかしてお姉さんに会いに来ちゃったかい？　いやぁ困っちゃうなぁ、相談室来る？　え、なんで私がいるかって？　…………休日出勤、はぁ」

軽快な挨拶から重いため息。情緒が忙しいな。

「勉強のために来ていただけだ。休憩がてら、飲み物でも」

「そうかそうか。なら、お姉さんがおごって進ぜよう。おっと、遠慮はなしだ。年長者の好意は素直に受け取っておくものだぜ？」

「……感謝する」

横に並び、かつかつとサンダルを鳴らす水連と自販機を目指す。

「調子はどうかな？　黒山ちゃん、うまくいきそう？」

ちゃんと赤点にさせられるか、という意味で聞いたのだろう。

「あぁ。全部の科目で合格できそうだ」

「……そっかぁ」

感情の抜け落ちた、低い声。裏切ったんだ、とでも言いたげだ。

「元々協力するとは言っていない。俺は水連の言葉の合理性を認めただけだ」

「はっはっは、そうだったねぇ」

水連は一転し、明るい声で笑い飛ばした。

「まだ、何かするつもりか？」

「いいや、何も？　黒山ちゃんの件はあくまでアフターケア。本来の目的じゃないからね。ま、沙慈君が初めての共同作業をしてくれなかったのは残念だけど」

それから水連は不思議そうな声で続ける。

「しかし、沙慈君が黒山ちゃんを助けるとは意外だね」

「思い出したんだ、昔、水連が俺に手を差し伸べてくれたことを」

「……手を差し伸べた、か。振り払われたけどね」

一瞬目を伏せて、水連の表情に哀しみが浮かぶ。

しかしすぐにいつもの笑みに切り替えて、

「ところでこれは私見なのだけど、今の感じからして、沙慈君が黒山ちゃんを助けるのは間違いだと思うよ？　いや、悪いとは言わないのだけどさ」

「俺が何を間違えていると？」

「んー、そうだなぁ。ならそれを教えるために二つの勘違いを正してあげよう」

と、ここで自販機前に到着する。

「飲み物、何がいい？　黒山(くろやま)ちゃんも一緒でしょ？　二人分買ってあげよう。何も企んじゃいないさ、今はノーサイドだよ」

冷たいブラックコーヒーを頼むと、缶コーヒーが二本。うち一本を差し出してきた。

「黒山ちゃんの分は、話の後でね。温くなっちゃうから」

言いつつ、残った一本のふたを開いて一口すすってから、水連(すいれん)は傍のベンチに座った。

黒山に飲み物を買ってくると言ったわけではないのでこのまま戻ってもいいのだが、間違いと勘違いとやらが気になる。

彼女の横に座って無言で話を待つと、水連は悪戯(いたずら)な笑みで話し始めた。

「私はね、君のことが大切だったんだ。平助(へいすけ)氏に、催眠術をかけてもらう前からね」

かけてもらう？　言葉の意味が理解できないでいる俺に、水連は続ける。

「自分で言うのもなんだけど、私は天才なんだ。覚えたことはほとんど忘れないし、悪だくみだって大抵はうまくやる。プロスポーツ選手を見れば、その動きだって再現できる」

自分で言うか、と思ったが、きっと事実なのだろう。

何せ、見ただけでドスケベ催眠術を使えるようになってしまったのだから。

「この性格だってそうやって作った上辺だ。明るくて人当たりがいい人間というのは、いろいろとやりやすいからしているだけさ。本当の性格は……、ちょうど沙慈(さじ)君みたいな感じかな」

「それは、……酷い性格だな」

「そうだろう？」

苦笑してから手にした缶コーヒーを一口すすり、水連が尋ねてくる。

「覚えているかな？　私と初めて会った日のことを」

「いや、物心ついたころには、近所に水連はいたな」

「当然だ、当時の沙慈君はまだ赤ん坊だったからね」

なら覚えているわけがないだろ。なんで聞いた？

「そんな君は平助氏ら夫婦が出かけるとき、しばしば仲の良かった私の家に預けられたんだ。思えば、平助氏がドスケベ催眠術で私たち家族を体のいいベビーシッター代わりにしていたのかもしれないけど。……困ったことに、私は君に懐かれてね」

「……記憶にないな」

「正直、苦手だった。お隣さんの赤ちゃんだから邪険にも扱えないし、そもそも言葉が通じない。逃げてもなぜか私にくっついてくる。

ただ私の親は、それを都合がいいと思ったのだろう。何度も面倒を見させられた。一緒にご飯を食べたし、一緒にお風呂も入ったし、一緒のお布団で寝た。最後に一緒にお風呂に入ったのはいつだったかな？　覚えてるかい？」

「いや」

「当時、君は膨らみかけの私の胸をそれはもう執拗に攻めてきてね。当時からテクニシャンだった。ドスケベ催眠術師の英才教育ってやつかな?」

「記憶の捏造はやめてくれ」

「どうだろうね? とにかく、いい迷惑だったよ。本当、迷惑だったんだけどねぇ」

軽くため息をつき、懐かしむように、

「ある時、君が言ったんだ。嫌ならやめる、と。表面上は優しいお姉さんを装って、そういう面は隠しているつもりだったのだけどね。

君は私の本性を知って、それを知った上で懐いていたんだ。それがわかってから、見方が変わったよ。この子はこんな私を受け入れてくれたんだって。

それからは、君といるのが楽になった。一緒にいる時間が悪くないものになっていた。恥ずかしながら、天才で完璧超人の私も人間だったってことだね」

「恥ずかしくなんて、ないだろ」

むしろ、自分を天才で完璧超人というほうが恥ずかしいだろ。

「そんなことがあってから、私は君のことを、手のかかる弟のように感じていたよ」

「じゃあガチラブ発言は冗談ということか」

ホッとした。よかったよかった。

「いや、手を出す気満々という意思表示だ。私はブラコンだからね」

誰か助けて！

「ともあれ君はすくすく成長して、私はお隣のお姉さんとしてまあ仲良くしていたのだけどね。学校帰りに見たんだ。……公園で悲しそうにしているところを」

ドスケベ催眠術師の子だと発表して、周囲から疎まれ始めたころだ。

「初めて知ったよ。君の親がドスケベ催眠術師という仕事をしていて、気持ち悪がられたって。まあ、普通だよね。ドスケベ催眠術師は気持ち悪い。名前からしてヤバい。頭おかしい。私もそう思った。でも、ドスケベ催眠術師の子は関係ない」

「言ってくれたな。『君が嫌われるのは、合理的じゃない』って」

あの時俺は、合理的になれば、水連みたいに考えられれば、大丈夫になると思ったのだ。

「その後に言ったこと、覚えてるかい？」

「『どうにかしよう』ですか？」

水連が頷く。

「本気で、どうにかしようと考えたんだ。傲慢にも、私ならどうにかできると思っていた。……でもね、その前に平助氏が君に催眠術をかけた。

君は平助氏に願ったそうだよ。『水連みたいに合理的になれば、大丈夫なんだけど』とね。結果、君は合理的になって、平助氏を遠ざけた。

私の前からも消えてしまった。

まあ、君が幸せになってくれるならそれでもよかったのだけど、私のように合理的になれば、というのはいただけない。だから——」

「ドスケベ催眠術の強制解除の方法を探すためにサポーターになった、だったか？」

口を挟むと、水連は不敵な笑みを浮かべる。

「あぁ。でもその前にね、私も催眠術をかけてもらったんだ」

「自ら望んだ、ということか？」

「見て盗むにしても、まずは自分がそれを体感する必要があると考えたからね」

それに、と水連は続けた。

「人の心は簡単に移り行くし、時間は感情を風化させるから。

消えない炎が必要だった。

時の流れに、想いを風化させるわけにはいかなかった。

だから、先手を打った。君を思う気持ちをなくさない、催眠術という楔を打ち込んだ。

君を好きでいさせてほしい、とね」

水連の飲み終えた缶コーヒーが捨てられ、カラリと金属のぶつかる音が響いた。

「さあ、話は終わりだ。黒山ちゃんのコーヒーを買おうか」

立ち上がり、水連が自販機の前に立つ。

「質問なんだが」

「何だろうか？　ちなみに処……おっと、廊下で宣言すべきことではないな。何だい？」

「結局、俺の間違いって何だったんだ？」

二つの勘違いはわかった。

水連の感情の出どころが催眠術ではなかったこと。

自発的に平助の催眠術にかかったこと。

だが、間違いについては触れられていない。

「おっと、気づかないかい？」

「まったく、見当もつかない」

「おいおい、お前スケコマシかぁ？　ドスケベ催眠術師の子かぁ？　女をだます悪い男かぁ？」

「なんだ、いきなり」

はぁ。深々とため息をつくと、水連は言う。

「教えてやーらない。お姉さん、沙慈君をそんな風に育てた覚えはありません」

「育てられた覚えもないが」

「ん」

遮るように、缶コーヒーが二つ差し出される。片方は黒山、もう片方は戻ってからの俺の分だろうか。実質、三本おごられてしまった。

「そうだな……」

水連(すいれん)は顎(あご)に指を当てて少し思案する。

やがて、悪戯(いたずら)でも思いついたような嗜虐的(しぎゃくてき)な笑みをして、

「じゃあ、君が黒山(くろやま)ちゃんを無事にこの学校へ残すことができたら、教えてあげよう」

どういう意図だろう。

まあ今の状況ならいずれわかることだろう。

これについては、特に考えないことにした。

*

午後六時ごろ。

天気は予報通りに悪くなり、空からは重たい雨粒が降り注ぐ。

そんな中、傘を差した黒山と並んで帰路につく。

「今日はありがとうございました。ジャージ、洗って返しますね」

「別にそのまま戻してくれても構わないがな。運動したわけじゃないし」

「いえ、その、少し汗をかいてしまったので」

「少しの汗ぐらいなら」

「汚したまま返すのはあれですので」

どこまでもジャージを洗って返したいらしい。ジャージ洗濯フェチなのだろうか。

黒山は染み抜きして、ある程度乾いた制服に着替えていた。

学校から駅までは徒歩で15分ほど。

彼女は駅を利用するが、俺はその途中に家があるので、あと数分で今日はさよならだ。

帰ってからメッセージを送ってもいいのだが、帰った後で学習意欲が暴走しないよう、今、思いつく限りの言葉をかける。

「テストの範囲は一応、ひと通りできた。トラブルがなければ赤点はないだろう」

「はい」

「今日は無理して遅くまでしなくていい。二十三時には布団に入れ」

「はい」

「明日の朝は早く起きて当日のテスト範囲を見直せ」

「はい」

「それと」

「佐治君」

遮ってきた黒山を見ると、嬉しそうに微笑んでいる。

「ありがとうございます。多分、大丈夫です」

……。

「まあ、頑張れ」

「はい！」

にこりと、元気よく笑う。

多分大丈夫だと、不合理だけど絶対的な、何の根拠もない安心があった。

なら、先を見据えて今のうちに伝えておくとしよう。

「今回のテスト、問題なく乗り越えたら、話したいことがあるんだが、結果発表のころに時間をもらえるか？」

……。

「あの、死亡フラグ立てないでもらえますか？」

ジト目で言われた。

＊

翌日から、テストが始まった。

高校入学以降、過去一番に忙しいテストだった。

午前中にテスト、午後からは対策部部室で翌日のテスト範囲を黒山とおさらい。

夜は自分の学習に注力。

あっという間に一週間が経ち、全てのテストが終了する。

金曜日のテスト後。


さすがに対策部の活動はないが、帰り途中で偶然にも黒山に出くわした。

顔を合わせた瞬間、パッと明るい笑みを浮かべ、元気そうに、

「お疲れさまでした！」

「あぁ、お疲れ。……出来はどうだった？」

心配を覚えつつも手ごたえを確認すると、

「一科目以外は、多分、50点を超えそうです！」

黒山はやりきったと言わんばかりに破顔した。

50点取れていれば赤点はない。

しかし俺としては、一つでも不安があるというのはやりきれない。

もしや、俺の発言が死亡フラグになってしまったのだろうか。

「その一科目は、なんだ？」

「あはは……」

苦笑した後、黒山は申し訳なさそうに言う。

「……保健体育は、苦手ですので」

思わず俺は笑った。

「なら、安心だな」

＊

何事もなく、数日が経った。七月上旬、夏休みを目前としたころ。

今年最初のセミの声が聞こえ、空からは凶器のような日差しが降り注いでいる。

今日はテスト対策部の部室撤去のため、黒山（くろやま）と掃除をする。

部屋に入ると、黒山は既に掃除を始めていた。

「こんにちは、佐治（さじ）君」

「あぁ、こんにちは」

挨拶（あいさつ）を返すと、緊張しつつ尋ねる。

「テスト、どうだった？」

先ほど帰りのホームルームで、丸まった感熱紙に印字されたテスト結果の一覧が返ってきたのだ。おそらく、どのクラスもそうだろう。

ちなみに俺は総合で31位。いつも通り全科目で八割の点数は取ったが、前回より少し落ちた。問題が簡単だったのだろう。余談だが、学年順位はテストの点数を偏差値に換算したもので上下関係を比べている。そのため選択授業などがある場合も一律で順位は出るのだ。

「大丈夫でした」

黒山がやわらかく笑う。

思わず、安堵。

……よかった。

「点数とかはどうだった？　いや、結果を見たほうが早いが、見せてもらっても？」

「ええと、こちらです」

差し出されるクルクルの感熱紙。それを開いていくと。

すべての科目が50点を上回り、中には平均点を超えるものもある。

保健体育が満点なのは、触れないでおいてやろう。

当然、赤点はない。

「お疲れ様。……頑張ったな」

「はい、お疲れ様です。これも、佐治君のおかげです。ありがとうございました。この部屋にも感謝ですね、綺麗にしないと」

俺からテスト結果を返されると、黒山は掃除に戻る。ならば、俺は、

「ここの掃除、少し任せていいか？」

「それは構いませんが。戻ってきますか？」

「あぁ。この前言った、話したいことの準備でな。大事な話のために、用意したいことがある」

黒山は手を止め、「大事な話……！」とたじろぎながら。

「で、では、お待ちしてますね。えっと、サジ君」

*

対策部部室を出た俺は校内を歩き、相談室というプレートのかかる部屋の前で足を止める。

ここで、やることがある。

扉をノックすると、すぐに「どうぞ」と返事があった。

「失礼します」

「やあ、来たね」

8章　サジと水連

「黒山未代はすべてのテストを合格した。赤点も、再試も、留年も、転校もない」

夏から切り取られたような、涼しすぎる部屋で。

テーブルを挟んで向かい合うと、俺は今回の結果を告げた。

「知ってるよ。本人から連絡もあった。おめでとうと、言っておこうかな」

ぱちぱちと小さい拍手。水連は悪びれる様子も、困る様子も見せない。

どこまでも平気。

成績不良者を助ける行為は、どうやら俺の成長を示すものではなかったらしい。

だが、無駄ではなかった。引き受けたからこそ、今こうして水連と対峙できている。

「ま、黒山ちゃんのことはどうでもいいのだけどね。私は沙慈君からドスケベ催眠術師を遠ざけられればそれだけでいいから。……今のところ、効果もあったみたいだし。知ってるかい？真友ちゃん、今日は高麗川ちゃんに誘われてクラスの打ち上げに参加しているんだぜ？」

何それ、俺知らない。……まあ、それはさておき。

この人にとって、俺とドスケベ催眠術師以外は些事。黒山はただの捨て駒でしかなくて、それが捨てられようが残ろうが、どうでもいいのだろう。

「水連はこれからも、ドスケベ催眠術師の排除を企てるつもりか？」

「そうだよ。君がまた、嫌な思いをしないように、ね」

　歪んでいる。

　俺が合理という檻に捕らわれたのと同じように。

『ずっと沙慈を好きになる』という檻が、この人を異常にしている。

「今回はドスケベ催眠術師に困難を乗り越えさせることでトラウマを軽くしつつ、周囲に受け入れさせることで君の負担を軽くしたからね。順番的には、あの子の身近な誰かを鍛え上げて、ドスケベ催眠抗体を身につけさせようかな。そうすれば沙慈君じゃなくてもよくなるもんね。ただ、今回の件でちょっと動きにくいんだよなぁ」

　うんうんと考えるそぶりの水連に、俺は淡々と告げる。

「もう、やめにしないか」

「……………………どういうこと？」

　薄ら笑いを浮かべ、水連はかっくんと首を傾（かし）げた。

「ドスケベ催眠術師を排除しようと、俺から遠ざけるのは、終わりにしてほしい」

「だったら沙慈君はどうするの？　沙慈君はどうしたいの？　沙慈君はどうなるの？」

「俺は契約を遵守（じゅんしゅ）して、片桐（かたぎり）真友が一人でもドスケベ催眠術師をやれるように力を貸す。あいつを復活させて、この関係をちゃんと終わらせるんだ。その後は、普通の友人でいるさ」

「友人？　ありえない」

断じる言葉。

口元は笑ったままだが、目つきが変わった。

「受けた傷の痛みを忘れたのかい？　恐怖を、憎悪を、絶望を、なくしたのかい？」

「忘れるわけがない」

「なら、ドスケベ催眠術師なんて関わるべきじゃないとわかるはずだ。でも関わってしまったのなら、相手が関わろうとしてくるなら、さっさと排除するべきだ」

「関わるべきじゃないのは、認める。でも、全部を排除すればいいとも思わない」

確かに俺は、ドスケベ催眠術師に閉ざされてしまった普通をずっと願っている。

ドスケベ催眠術師の道を進む真友とは、相容れない。

生きている世界が違う。見ている世界が違う。目指す世界が違う。

最後は、違う道を進むことになるのだろう。

でも、それは今じゃない。

「俺の人生を歪めたのは、山本平助だ。片桐真友じゃない。俺はさ、片桐真友のことが嫌いじゃないんだ。危険な力は持っているし、かなり変なヤツだが、あれでも、助けてくれた恩人なんだ。友人なんだ」

「恩人でも友人でも、ドスケベ催眠術師と関わるなんてダメだ。あれは君を傷つける存在で」

「悪いことをしていないなら責められる道理はないって教えてくれたのは、水連（すいれん）じゃないか」

破綻（はたん）した彼女に苛立ちを覚え、思わず語調が崩れる。

合理の奥にあった、水連にだけ見せられる、子供のような感情が溢（あふ）れ出す。

「確かに片桐真友はドスケベ催眠術師だ。持っている技術は普通じゃないし、それがどれだけ恐ろしい存在なのかもわかっている。でも、悪いことはしていな……」

あ、狂乱全裸祭。

……。

いったん忘れよう。

「……い、はず。いや、ない」

「今の間は何？」

いったん咳払い。

「とにかく、自分にかかっていた催眠術を解くついでだったけど、あいつのおかげで、俺は催眠術が解けた。その恩を返して、最後は、別れは、互いに納得して迎えたいんだ。ドスケベ催眠術師だからってだけで終わりにはしたくない」

「でもヤツらと一緒にいたら、同じ過ちを繰り返す。あいつらといる限り、沙慈（さじ）君に平穏は訪れない。私はただ、君が安心できる世界を作りたいだけなんだよ。君からドスケベ催眠術師とかいう怪物を、呪いを排除したいだけ。それを、わかってよ」

諭すように言われ、無性に、腹が立ってきた。

「……そっちだって、いい加減にわかってくれよ」

「私が？　何をわかっていないって？」

本気でわからないのだろう、水連が怪訝そうに眉を顰める。

……どうしてわからないんだ。

平助を排除したら消えるつもりだったとか、本当はもう会うつもりもなかったとか、自分が害獣だとか。

自分のことを、どうしてこうも、ないがしろにするんだ。

俺がドスケベ催眠術を使える相手を無条件に排除したくない理由は、真友だけじゃない。

どんなに危険でも、どんなに脅威でも、たとえ周囲から排除されるべき悪だとしても――。

「水連に会えなくなるのが嫌なんだよ」

真友がドスケベ催眠術を使えるからとすぐに排除しなければいけないのなら、それは水連にも適用されてしまう。

「俺は水連に再会できて嬉しかった。伝わらなかったかもしれないが、本当に嬉しかったんだ」

「それは、私がドスケベ催眠術を使えると知らなかったからだろう？」

「知っても変わらないさ。だから、ドスケベ催眠術が使えるって理由で会えなくなるのは嫌だ。それとも水連は、嬉しくなかったか？」

「……私だって、嬉しかったよ」

水連が泣きそうに、視線を伏した。

「だったら」

「でもダメだよ。私といたら、ドスケベ催眠術を使う人間といたら、君は傷を増やす。不幸になる。私はそれが、私であっても許せない」

「そんなことはない。たとえドスケベ催眠術が使えても、水連は水連だ。昔、俺に手を差し伸べてくれた優しい合理主義者、俺の憧れだよ」

「それが、間違いだったんだ。

悩む必要はないと救いの言葉をかけたつもりが、君を変えてしまった。

私なんかに憧れさせて、それを平助氏に願わせてしまった。

もう、私は君を不幸にしているんだよ」

……あぁ、そうか。やっと、わかった気がする。

彼女は、ずっと後悔しているのだ。

俺が合理的になってしまったのは間違いだったと、その原因を作ったのは自分だと罪悪感を覚えているのだ。

平助に『ずっと沙慈を好きになる』という催眠術を願ったこと、そのうえで俺に会うべきじゃないと考えたのは、贖罪の意味があったのかもしれない。

だったら、俺がかけるべき言葉は、伝えるべきは――。

「はっ、酷い勘違いだ」

――俺は、笑い飛ばした。

「沙慈、君？」

呆ける水連に、俺は深いため息をつき、苦笑しながら言う。

「すまない、まさかそんな勘違いをしているとはな。俺との認識が違いすぎて、つい笑ってしまった」

「勘違いなんて、していないよ」

「しているだろ。はっきり言っておくがな」

俺はため息をついてから、ちゃんと告げる。

「水連は間違いだったと言うが、あなたは俺を救ってくれた。あの日、手を差し伸べてくれたことに、俺は感謝している」

嬉しかったことを覚えている。

胸が高鳴ったのを覚えている。

引かれる手の熱を覚えている。

熱い感情の産声を覚えている。

「確かに友達はあまりいないし、食事はゆで卵と鯖缶ばかりだし、周りから人情がないだの酷い性格だの言われる。

外から見たら、こんな俺の生き方は不幸なのかもしれない。

でも、俺はこんな自分に満足している。

あの日、水連に憧れて良かったと胸を張って言える。

後悔したり、間違いだと思ったことは一度もない。

文句があるとしたら、それを強引にやった平助だけだ。

だから、水連が罪悪感を持つ理由なんて、どこにもない。

どうかあの日の自分を誇ってほしい」

……。

…………。

……………。

「……………………そっかぁ」

気の抜けたようなぼやき。

そして空虚な、力のない声で、しみじみと告げる。

「私は君の助けに、なれていたんだね……。遠回り、しちゃったなぁ……」

深いため息。

疲れたように笑う水連(すいれん)の目元から、一筋の粒が滑り落ちた。

少し話が脱線したな。話を戻そう。

「とにかく、真友(まとも)のことは俺がどうにかする。だから、見守っていてほしい。困った時は相談するし、どうにもならない時は、改めて助けを求めるからさ」

そして契約を完遂させて、

「ドスケベ催眠術師の子は、ちゃんと終わらせるよ」

これは俺の新しい指針だ。合理主義の催眠術がない今、途中でブレてしまうかもしれないが、必ず成し遂げてみせる。

「それで、ドスケベ催眠術と関係がない、ただのご近所さんの幼馴染(おさななじみ)に戻ろう」

「……そうだね、戻ろうね」

呟くと、彼女は結ばれていた髪をはらりと垂らす。

そして柔らかい口調で続けた。

「じゃあ真友ちゃんのことは、サジ君に任せるよ」

……。

「サジ君」

「何だ？」

「強く、なったね」

＊

水連から余計な手出しをしないと言質を引き出した後のことだ。

「水連の悪事について。俺は黙っているつもりだ」

「助かるよ」

「だが、黒山には全部を話して、謝ってほしい。あいつが公表すると言うならそれに従おう。あいつには、俺たちを責める権利がある」

「今のところ黒山ちゃんは自業自得と思い込んでいるから謝らなくてもいいんじゃないかな？」

いつもの明るい口調だが、後ろめたさがあるのだろう、珍しく消極的な水連だった。

「ダメだ。まず真友に伝えないだけマシだと思え」

「急に行ったら、黒山ちゃんも困るだろう。アポを取ってからにしよう、アポを」

俺は小さく笑うと、

「そう言うと思って、もう約束は取りつけてある。この後、大事な話がある、と」

「なんて計画的な……。でもそれ、黒山ちゃんは多分、うーん」

水連が頭を悩ませているときだ。

ピロリ、と。俺のスマホがメッセージを受信する。

何事かと確認すると、真友からだった。

『サジ、助けに来て』

そんな文章とともに、同級生らに囲まれてご飯を食べている写真も送られてくる。いじられている感じがするが、ずいぶんと楽しそうじゃないか。

誘われていないところに行っても、空気が悪くなるだけだ。絶対行かない。でも、文面で残すなら丁寧なほうがいい。

『辞退　丁寧』と検索し、いい感じの例文をコピペする。『大変ありがたいお誘いですが、本日は他の予定が入っておりますので、この度は辞退させていただきたく存じます』と。

誘われていないクラス会の写真を送ってくるとか、迷惑でしかない。

「そういえばさ、この前の勘違いと間違いの話、覚えてるかい？」

「黒山を無事に学校に残すことができたら話す、だったな」

「そうそう。まずはそれを話させてほしい」

「……時間稼ぎか？」

「いいや、黒山ちゃんに会うならしておくべき大事な話、超大事な話さ」

了承すると、水連はあの時のように、悪戯(いたずら)っぽい笑みで話し始めた。

「当時、私が君を助けたのは、サジ君のことが股に入れても痛くない大切な存在だったから」

「なんてところに俺を入れてるんだ」

「とにかく、平助(へいすけ)氏の催眠術に関係なく好いていたから、どうにかしようと言ったんだよね。で、サジ君は、そんな昔の私に憧れて、黒山ちゃんを助けようと必死に勉強を教えたわけだ」

「まあ、そうだな。……ん？」

等号と矢印の記号を用い、頭の中で人間関係の相関図が組み立てられていく。

「つまるところ、サジ君が黒山ちゃんにやったのは、当時君のことが大好きだった私にとって合理的な行動——ある種、求愛行動の模倣なわけだ」

「なん、だと……!?」

戦慄(せんりつ)する。確かにこれは、間違いだ。

「まあ私とサジ君じゃ目標が違うからね」

「ぐっ……」

今更ながら、真友の『悩め』というアドバイスが身に染みてくる。

「結構厳しい状況だったのに見捨てなかったんだし、もしかしたら黒山ちゃんは『佐治(さじ)君は私のこと好きなのかも』とか『私と一緒に高校生活を送りたくてここまで頑張ってくれているのかも』なんてハイパー乙女な勘違いをしているかもしれない」

「仮にそうだったとしても、俺だぞ。どうせ気味悪がられて、避けられて終わりだ」

「土日に二人きりの部屋で勉強できる時点で、気味悪がられてはないと思うけどな。むしろ脈はありすぎるぐらいだ。一分間に３００回ぐらい脈打ってるって」

「切羽詰まっていただけだろ」

テスト勉強はドスケベ催眠術の影響もあったし。

「では、兆候とかなかったかい？」

「兆候……。例えば、なんだ？」

「君の存在をやたら肯定する、なんてどうだろう？　君の言うことなら大概受け入れる、みたいな。君の匂いが癖になると言い出したり、同じものを食べると言い出したり」

「……」

透視でもされたのかと思うぐらい、心当たりがあった。

「まあ、黒山ちゃんのことはあんまり入れ込まないほうがいい。あのタイプは多分、性格が歪むくらいに好きになる。これは元占い師からの助言だ」

「インチキでは？」

「なら、水連お姉さんからの助言だ」

恐ろしい説得力だった。

「……まあ、黒山に聞けばわかることだ」

「聞いちゃうのかー」

何にしても、ここでぐだぐだしていても仕方がない。

わからないことは、わかる人に聞くのが最短だ。それに、真実を告げないといけない。

「さ、行くぞ」

ボフッと。水連の手を長い袖越しに握り、椅子から持ち上げる。

思ったよりも、細かった。昔はもっと、大きく感じたのに。

そして力のままに、水連の体を引っ張って、そのまま扉のほうへ。

「……手」

「あ、悪い」

慌てて手を離す。

まずい、今のセクハラだったか？

しかし彼女は嬉しさがあふれ出たかのように、にんまりと笑い、

「はっはっは、一緒に頭下げようか！」

離れた俺の手を、今度は彼女が握ってきた。

パシッ、と。袖を上げて手を出し、小気味のいい音を立てて。

そして引っ張るように廊下へ。

「サジ君は勘違いさせたことも謝らないとだね。ときめきギルティってやつさ」

「させてない。というか、普通に歩けるから離してくれ」

「嫌だね。沙慈君が言ったんだぜ、自分を優先してくれってね。私はサジ君と手をつないで歩きたいのさ。仲良くしようぜ、昔みたいに」

自分を優先している。水連の『沙慈』中心の考え方が解けている。

これは、もしかして、

「水連、催眠術が」

「さて、どうだろうね。気になるなら――」

彼女は握った手に込める力をキュッと強めると、

「――私がサジ君のことを嫌いになるか、試してみたら？」

にっかりと、太陽のように笑った。

あとがき

こんにちは、桂嶋(けいしま)です。

この度は多くの方のお力添えにより、二巻を発売させていただける運びとなりました、恐悦至極でございます。といっても、チタンがごとくカチカチな言葉では感謝や喜びの伝導率が低い気がするので、「うっひゃありがとぉぉ有頂天外マジ感慨、テンションパッションギンギンだぁ！」と、ハジけた言葉を置いておきます。ちなみにこれは『ギンギン』が伝導率の高い金属である銀の暗喩となっており、喜びがうまく伝わりますように、という思いが込められたサイエンスなギャグなのですが、誰も気づかなさそうなのでセルフ解説しておきますね。

そうして世に放たれてしまった二巻ですが、一巻以上にやりたい放題やった気がします。私が思っている以上にドスケベ催眠術師の子という作品はポテンシャルがありました。よくやった、過去の桂嶋。

とはいえ広げた風呂敷は、最後にはちゃんと畳まれなければいけませんので、自分が畳める範囲を見計らいつつ、行けるところまで広げていきたいですね。ちゃんとやれよ、未来の桂嶋。

そして二巻をよく書き上げた、偉いぞ今の桂嶋。今後も頑張るんだぞ。

以下、謝辞。

担当編集の岩浅様。前回同様、ナイスでキレキレなディレクション並びに出版までの作業諸々、ありがとうございました。ご多忙極まれりかと思いますので、どうぞご自愛ください。引き続き、よろしくお願いいたします。

イラストを担当いただいた浜弓場双様。今回もクールで素敵なイラストをありがとうございます。内容があんまりドスケベじゃなくてすいませんでした。引き続き、よろしくお願いいたします。

他、本作出版に携わった皆様。どうぞ「私がドスケベ催眠術師を育てた！」と胸をお張りください。引き続き、よろしくお願いいたします。

最後に、今この文章をお読みの皆様。楽しんでいただけたでしょうか、それともこれから楽しむのでしょうか。十万を超える文字列の中で、一片でも笑えるフレーズがあれば幸いです。

それでは、またどこかで。

ＰＳ
次回があれば、もっと気の利いたあとがきを書けるようになっておきますね。

あとがきが苦手なタイプのドスケベ　桂嶋エイダ

かくて謀反の冬は去り

著／古河絶水

イラスト／ごもさわ
定価 891 円（税込）

“足曲がりの王子”奇智彦と、“異国の熊巫女”アラメ。
二人が出会うとき、王国を揺るがす政変の風が吹く！
奇智湧くがごとく、血煙まとうスペクタクル宮廷陰謀劇！

ガガガ文庫3月刊

公務員、中田忍の悪徳8

著／立川浦々　イラスト／棟 蛙

忍の下を去った由奈、樹木化する異世界エルフ、喪われた忍の記憶、そして明かされる全ての真実。地方公務員、中田忍が最後に犯す、天衣無縫の『悪徳』とは——？　シリーズ最終巻！　忘れるな、これが中田忍だ!!

ISBN978-4-09-453176-3（ガた9-8）　定価935円（税込）

ここでは猫の言葉で話せ4

著／昏式龍也　イラスト／塩かずのこ

秋が訪れ、木々と共に色づく少女たちの恋心。アーニャと小花もついに実りの時を迎える。しかし、アーニャの前に組織が送り込んだ現役最強の刺客が現れ——猫が紡ぐ少女たちの出会いと別れの物語、ここに完結。

ISBN978-4-09-453177-0（ガく3-7）　定価792円（税込）

純情ギャルと不器用マッチョの恋は焦れったい

著／秀章　イラスト／しんいし智歩

須田孝士は、ベンチプレス130kgな学校一のマッチョ。犬浦藍那は、フォロワー50万人超のインフルエンサー。キャラ濃いめな二人は、お互いに片想い中。けれど、めちゃくちゃ奥手!?　焦れあまラブコメ開幕！

ISBN978-4-09-453179-4（ガひ3-7）　定価836円（税込）

少女事案② 白スク水で愛犬を洗う風町鈴と飼い犬になってワンワン吠える夏目幸路

著／西 条陽　イラスト／ゆんみ

風町鈴。小学五年生。ガーリーでダウナー系の美少女は——なぜだか俺を、犬にした。友情のために命をかける偽装能力少女に、殺し屋たちの魔の手が迫る。忠犬・夏目が少女を守る、エスケープ×ラブ×サスペンス。

ISBN978-4-09-453178-7（ガに4-2）　定価858円（税込）

ソリッドステート・オーバーライド

著／江波光則　イラスト／D.Y

ロボット兵士しかいない荒野の戦闘地帯。二体のロボット、マシューとガルシアはポンコツトラックで移動しながら兵士ロボット向けの「ラジオ番組」を24時間配信中。ある日彼らが見つけたのは一人の人間の少女だった。

ISBN978-4-09-453180-0（ガえ1-13）　定価957円（税込）

ドスケベ催眠術師の子2

著／桂嶋エイダ　イラスト／浜弓場 双

真友が真のドスケベ催眠術師と認められてしばらく。校内では、催眠アプリを使った辻ドスケベ催眠事件が発生していた。真友に巻き込まれる形で、サジは犯人捜査に協力することになるが……？

ISBN978-4-09-453182-4（ガけ1-2）　定価836円（税込）

【悲報】お嬢様系底辺ダンジョン配信者、配信切り忘れに気づかず同業者をボコってしまう2 けど相手が若手最強の迷惑系配信者だったらしくアホ程バズって伝説になってますわ!?

著／赤城大空　イラスト／福きつね

バズりまくってついに収益化を達成したカリンお嬢様。そこに現れたのは憧れのセツナお嬢様の“生みの親”もちもちたまご先生で……!?　どこまでも規格外なダンジョン無双バズ第2弾!!

ISBN978-4-09-453183-1（ガあ11-33）　定価814円（税込）

魔女と猟犬5

著／カミツキレイニー　イラスト／LAM

最凶最悪と呼ばれる“西の魔女”を仲間にするべくオズ島へと上陸したロロたち一行。だがそこは、王家の支配に抵抗するパルチザンとの内戦の絶えない世界だった……。いよいよ物語は風雲怒涛の「オズ編」へ突入！

ISBN978-4-09-453184-8（ガか8-17）　定価946円（税込）

闇堕ち勇者の背信配信 ～追放され、隠しボス部屋に放り込まれた結果、ボスと探索者狩り配信を始める～

著／広路なゆる　イラスト／白狼

パーティーを追放され、隠しボス相手に死を覚悟する勇者クガ。だが配信に興味津々の吸血鬼アリシアに巻き込まれて探索者狩り配信に協力することに!?　不本意ながら人間狩ってラスボスを目指す最強配信英雄譚！

ISBN978-4-09-453185-5（ガこ6-1）　定価836円（税込）

GAGAGA

ガガガ文庫

ドスケベ催眠術師の子 2

桂嶋エイダ

発行　2024年3月23日　初版第1刷発行

発行人　鳥光 裕

編集人　星野博規

編集　岩浅健太郎

発行所　株式会社小学館
〒101-8001 東京都千代田区一ツ橋2-3-1
［編集］03-3230-9343　［販売］03-5281-3556

カバー印刷　株式会社美松堂

印刷・製本　図書印刷株式会社

Printed in Japan　ISBN978-4-09-453182-4
